C 文庫

蚂蚁离开的那一天

敦·德勒根作品集

[荷]敦·德勒根 / 著
蒋佳惠 / 译

2025年·厦门

图书在版编目（CIP）数据

蚂蚁离开的那一天：敦·德勒根作品集 / (荷) 敦·德勒根著；蒋佳惠译. -- 厦门：鹭江出版社，2025.6. -- (C文库). -- ISBN 978-7-5459-2520-3

Ⅰ.I563.45

中国国家版本馆CIP数据核字第2025VC0708号

福建省版权局著作权合同登记号 图字：13-2025-011号

Het vertrek van de mier © 2009 Toon Tellegen
Originally published by Em. Querido's Uitgeverij Amsterdam
© Cover illustration Mance Post/Literatuurmuseum
Simplified Chinese translation © 2025 by Light Reading Culture Media (Beijing) Co., Ltd.
All rights reserved.

出 版 人	雷 戎
选题策划	轻读文库
责任编辑	林烨婧
特约编辑	张雅洁
装帧设计	马仕睿 @typo_d
美术编辑	朱 懿

MAYI LIKAI DE NAYITIAN: DUN DELEGEN ZUOPINJI

蚂蚁离开的那一天：敦·德勒根作品集

[荷] 敦·德勒根 著   蒋佳惠 译

出　版	鹭江出版社
发　行	鹭江出版社
	轻读文化传媒（北京）有限公司
地　址	厦门市湖明路22号　　　邮政编码：361004
印　刷	河北鹏润印刷有限公司
地　址	河北省沧州市肃宁县经济开发区宏业路北侧　联系电话：0317-7587722
开　本	730mm×940mm　1/32
印　张	7.25
字　数	122千字
版　次	2025年6月第1版　2025年6月第1次印刷
书　号	ISBN 978-7-5459-2520-3
定　价	30.00元

本书若有质量问题，请与本公司图书销售中心联系调换
电话：(010) 52435752

未经许可，不得以任何方式
复制或抄袭本书部分或全部内容
版权所有，侵权必究

蚂蚁离开的那一天

目 录

第一篇
01

第二篇
127

蚂蚁的笔记
181

第 一 篇

1

矗立在森林边缘不远处的是蚂蚁的家。
门开着。
房间里空无一人。
床上乱糟糟的,被子耷拉到地上。
柜子敞开着,每一层都是空的。
墙上贴着一张皱巴巴的便笺,上面写着:

  蚂蚁——正是在下

  那张便笺被蚂蚁读了许多遍,甚至仅仅一天之内就会被读上十遍。尽管这张便笺原本就是他写的,他也很清楚地知道自己就是蚂蚁,但是,每读一次,他都会惊讶得直摇头。看来，蚂蚁正是在下……他每每都会这样想。

除此之外，再没有别的便笺。桌上没有，门上也没有。没有便笺预示着他的离开；预示着永远不再回来；预示着别人不该去找他，毕竟他早已无迹可寻；预示着即便有人无意中找到了他，他也会立刻再度离开，而且永远不再回来，永远。

那张便笺的下面也没有别的便笺用潦草的字迹写着就算一百罐蜂蜜（无论是什么口味的蜂蜜）也无济于事，以及如果别人不相信他，他也没有办法；那底下也没有更小的便笺，写着谁都拿他没有办法。

每当风吹过的时候，门就发出吱嘎吱嘎的响声。

这是初夏的一天，天色还早。太阳刚刚升起，大树上空的天际是红色、黄色和浅蓝色的。

在森林的另一端，欧乌鸫已经醒来，正放声歌唱。偶尔，在大树的沙沙声之间也会传来小河的潺潺水声。

蚂蚁离开了。

2

没过多久,所有人都知道蚂蚁离开了。
犀牛对甲虫说:"蚂蚁离开了。"
"噢,是吗?"甲虫说。"是的。"犀牛说。
甲虫冲着河马喊:"蚂蚁离开了!"
"你说什么?"河马回应道。
"蚂蚁离开了!"
"噢。"河马说。他随即给沙鼠写了一封信:

亲爱的沙鼠:
    谨此告知,
    蚂蚁离开了。

                      河马

沙鼠爬到一座小山丘上，大声喊道："哈喽！你们听得见我的声音吗？蚂蚁离开了！"

"什么？离开了？"蟋蟀喊道。

"是的，离开了。蚂蚁离开了。"

"什么？"

蟋蟀的这一声"什么？"响亮而又惊讶，上百个动物都听见了，不一会儿，他们就都知道了蚂蚁离开的消息。

在大海的远端，鲨鱼在水下对鳐鱼喊："鳐鱼！"

"怎么啦？"

"蚂蚁离开了。"

"哎哟哟。"鳐鱼惊讶地说。他迟疑了一下，不知道自己应不应该把脑袋探出水面，惊慌失措地四下张望。

"是真的。"鲨鱼说。

鳐鱼待在水下，把这个消息告诉了章鱼。章鱼用又粗又黑的字体给鲱鱼和金枪鱼写了封信。鲱鱼和金枪鱼又匆匆忙忙地把这个消息告诉了飞鱼。

在高高的天空中，信天翁把消息告诉了鹰、燕子和大雁，他们又把这个消息转告给了军舰鸟、蜂鸟和海鸥。

没过多久，连住在遥远世界尽头的动物们也都知道了。就连从没有听说过蚂蚁的动物们、从不跟任何人说话或者写信的动物们也都知道了，只不过，他们已经不记得自己是怎么知道的了，也不知道自己应该快乐还是伤心，又或是有些别的情绪。

这是初夏里普普通通的一天。但是，没有任何人觉得这是普普通通的一天。

所有人都认为，这是诡异的一天。这是我们经历过的最诡异的一天。

太阳缓缓升起，可是，它照耀得与往常很不相同。

不奇怪，动物们想。

要知道，蚂蚁离开了。

3

松鼠是所有动物中最伤心的。他坐在桌子跟前，头枕在胳膊上，轻声细语道："蚂蚁，蚂蚁……"

他闭上眼睛，在他的脑海中，蚂蚁向他飞奔而来，在山毛榉树下停下了脚步，高声喊道："松鼠，我回来了！"

松鼠紧紧地闭上双眼，不一会儿，上气不接下气的蚂蚁就坐到桌子跟前，环顾四周，寻找周围有什么吃的。

"你去哪儿了？"松鼠问。

可是，蚂蚁只顾喘粗气，没有回答。

"我给你留了一个东西……"松鼠说。他走到柜子跟前。

他刚刚睁开眼睛,准备从柜子里取出一罐山毛榉蜂蜜,蚂蚁就又不见了。

松鼠赶忙重新紧闭双眼,蚂蚁又一次飞奔而来,喊道:"松鼠,我来了……!"

只要我不睁眼……松鼠想。

他依然紧紧地闭着眼睛,蚂蚁把整罐蜂蜜吃了个精光,问松鼠还有没有了。松鼠站起身,在柜子里摸索了一阵,找到了一罐椴树蜂蜜。

可是,过了一阵子,他重新睁开眼睛。蚂蚁能永远闭着眼睛……他阴郁地想。蚂蚁从来不会让自己失望。

他感到十分伤心,还有一些其他情绪。他不知道那是什么情绪。是不安,他想。不对,是悲恸。也不对。

他挠了挠后脑勺。是凄冷,他突然想到。那正是我的感觉。伤心和凄冷。

他还从来没有感到过凄冷。

过了好一会儿,他再也合不上眼了。他担心蚂蚁会说:"到此结束吧,松鼠……我的离开并不是一时兴起!"然后再也不回来了。

他又把脑袋枕在了胳膊上。

任何人的伤心都无法与他相比。

4

蚂蚁离开了,萤火虫想。蚂蚁出去了。他内心深处的某些东西出走了。他再也忍受不了了。只有我可以。

他瑟瑟发抖。他很冷。

也许,这只是一个开头,他想。也许,用不了多久,每个人内心深处都会出走一些东西。

他不知道会不会所有东西都跟着一起出走。他摇了摇头。它们已经出走了,他想。它们早就已经出走了。

这时,他又想起了蚂蚁和所有人。

如果所有人都出走了,那就只剩下我孤身一人了。

他挠了挠后脑勺。

他想:可是,我为什么还要忍受这一切呢?

他深深地吸了一口气。

幸好我不知道。

他听见一阵轻微的沙沙声,于是抬起头。

原来是蛾。他来到他身旁坐了下来。

"你好,蛾。"萤火虫说。

"你好,萤火虫。"蛾说。

好一会儿,他们不知道该说些什么。终于,萤火虫说道:"蚂蚁出走了。你已经知道了吗?"

蛾摇了摇头。

"不知道,"他说,"他没有出走,他有别的状况。"

"你是说离开了?"萤火虫问。

"是另有状况。"蛾说。

"失踪了?"萤火虫问。

"是另有状况。"蛾说。可是,他怎么都不肯说出那是什么状况。

"跑了?"萤火虫问,"去了?空了?垮了?"

可是,蛾没有说出蚂蚁怎么了,他也没有说出自己是怎么知道的以及自己为什么不肯说。

"状况很糟糕吗?"萤火虫问。

蛾展开翅膀,说道:"是另有状况,萤火虫,另有状况。"然后,他就飞走了。

萤火虫依旧坐着。他散发出微弱的光芒。在他脚下的地面上,他的影子缓缓地来回摇摆。

　　也许什么状况都没有,他想,他什么都不是。

　　一种阴暗的感觉从他的脚趾爬到他翅膀的尽头。

　　蚂蚁也出走了,他想。

　　他闭上眼睛,睡着了。

5

企鹅想：我总是离开，可是，我从没听别人对此议论纷纷。

他站在一座冰雪皑皑的山丘上，一场猛烈的暴风雪迎面袭来，叫喊道："真好啊！"

没什么好的，他想。不过，这恰恰就是他这么叫喊的原因。

他常常在天寒地冻的时候爬上山丘，大声呼喊："很暖和吧？！"

这就是苦闷，他每每都这样想。我很苦闷。不过，这也不稀奇。谁会愿意找我呢？

他在厚厚的雪地里跺脚，思考了一会儿，喊道："没有人愿意找我吗？"

周围一片寂静。

忽然，从遥远的地方传来一声十分微弱的回答："没有。我们在找蚂蚁。"

企鹅想：瞧见了吧？我愿意离开就离开，可是，说到找我……别了。就任由他冻死吧，他们会想。又或是：我们再也别获知他的任何消息了。

天越来越冷。巨大的冰柱从天而降，厚厚的云朵把白雪吹向冰原。

企鹅等待着，直到自己浑身被冻得僵直，这才大声喊道："你们用不着来找我！"

周围又是一片寂静。

"噢。"遥远的地方传来一声回应。

噢，企鹅想。看来，这就是全部了。噢。

他知道自己会永远离开，也永远不会有人找到他。晶莹的泪珠落在他脚趾之间的冰雪上，结成冰，然后滚远了。

这时，他振作起精神，揪了揪耳朵，喊道："我会自救的！"

经过了漫长的寂静，一个声音从十分遥远的地方传来，微弱得几乎听不见："好的。"

企鹅咬紧牙关，动手把冰块堆积起来，又糊上雪。他建造了一座自己有史以来建造过的最大的冰山。

他想：我必须更痛苦一些才行。随着他痛苦程度的加深,天也越发寒冷了。

等冰山建完了,他便爬上山顶,大声地呼喊:"'离开'过生日!'离开'开派对!"接着就滑了下去。

他重重地落到地面上,叫了一声"哎哟",然后站起身。

"祝你生日快乐,'离开'。"他喃喃地说道。他跺了跺脚。"'离开'还会跳舞。"

他脱下外套,丢了出去。他还从来没有这么冷过。

接着,他再一次爬向山顶。

原本的暴风雪变成了一场飓风,冰冻得更结实了。

"我在这儿!"他爬上山顶时,高声尖叫,"在这儿!"

然后,他就再也发不出声音了。

6

蟋蟀听说蚂蚁离开了的时候,他在房间里来回踱步,每每还要把脑袋伸出窗外,大声叫喊:"他没有离开。"

然后,他转过身,一边往回走,一边想:他当然没有离开,他为什么要离开,他压根儿就离不开,他也完全不想离开。离开……真是胡说八道!

夜幕降临,蟋蟀已经在房间里穿梭了上百次甚至上千次。而他喊叫着蚂蚁没有离开的次数也一样多。这时,他走到外面,爬上屋顶,使出浑身的力气放声大喊:"蚂蚁!你在哪里?"

他竖起耳朵,踮起脚尖,等待了很久很久。可是,没有人回答他。

终于，他失望地叹了一口气，喊道："难道那里更好吗？"

他又等待了很久很久。可是，依然没有人回答他，蚂蚁也没有现身。

于是，蟋蟀轻声细语地喊叫——要说喊叫，还不如说是耳语："无论如何，我都会在。"

他从屋顶上爬下来，走进屋子，来回踱步，嘴里说着："他没有离开。"

幸亏如此，他想，他没有离开。

然而，他的额头上显现出几道皱纹，他踱步的速度越来越快。直到天色暗沉下来的那一刻，他撞到桌子，摔倒在地上。

于是，他躺在床上，望着天花板。

他额头的皱纹越来越深，他想，假如有人不小心掉进去了，肯定就爬不出来了。

这一天夜里，他既没能让皱纹减轻，也没能成功入睡。

7

这里还不够阴郁,甲虫想。

他坐在河堤旁淤泥里的一块石头底下。真正的阴郁,他想,是另一码事。它简直会令你窒息。就让我窒息吧,你会想。可是,你偏偏不会窒息。

他点点头。假如这是真正的阴郁,他想,那就会阳光普照,你听见四处都是欢庆的声音,你闻见蛋糕的香味,它们拉着你的腿脚和触角,想和你一起跳舞,它们大声喊着:"来吧,甲虫!来吧,甲虫!"

他叹了一口气。

他想:蚂蚁肯定没有去那样的地方。此时此刻,他就是一只热锅上的蚂蚁。我从来不会爬到热锅上去。温锅。没错,温锅无伤大雅。

他又叹了一口气。

他想：蚂蚁很有勇气，我却没有。

他皱了皱眉头，思考起勇气来。假如拥有足够的勇气，还会真正阴郁吗？想要真正阴郁，难道用不着失去所有勇气吗？

也许他应该为自己没有勇气而感到高兴。

高兴？这又是怎么想的？

勇气就是高兴，他认为。他瑟瑟发抖，摔倒在地，连同脑袋一起消失在淤泥里，然后又钻了出来。

我又差一点窒息了，他想。

这时，他的眼前出现了蚂蚁的身影。蚂蚁正以飞快的速度奔向远方。他会在那里窒息的，甲虫想。

他又一次连同面孔一起消失在淤泥里，原地转了几圈，把脑袋向下一拱，又向上一抬，心里想：此时此刻的蚂蚁一定阴郁极了，阴郁得没法更阴郁。

他想抓住什么东西。然而，周围什么都没有。

他想：当你感到阴郁的时候，尽管这不可能实现，你还是会变得越发阴郁，你会被一股巨大的力量推向一面漆黑的墙，径直穿墙而过。当你穿透墙体，在墙的另一端继续向前穿行时，你会突然变得很轻松、很快乐。也许，你会觉得喜不自胜。一切就是这样。

一想到这里，他禁不住打了一个冷战，重重地撞在一块石头上，停了下来。

我必须为我自己考虑,他一边想,一边昂起头。只考虑我自己。

他缓缓地下沉,再也不想蚂蚁了,仅仅考虑自己。

"我。"他喃喃地说。

这是他见过的最阴郁的字眼。

8

抹香鲸不知道离开是什么意思。

章鱼试图为他解释。他用硕大的黑色字体在海底写道:离开。

"就是这个。"他说。

"我看得懂,"抹香鲸说,"可是我不明白它的意思。"

"哎呀,"章鱼说,"我该怎么解释呢……"他用一条粗粗的线画过"离开",然后说"离开"就此离开了。

可是,抹香鲸瞪大眼睛看着他,问道:"那么'离开'去哪儿了呢?"

"'离开'哪儿都没去。"章鱼说。他伸出几条触手,挠了挠后脑勺。

"那它在哪儿呢?"抹香鲸问。

章鱼捡起一块珊瑚,把它藏到身后。"离开了。"他说。

接着,他吃了一大口海藻,把它吞进肚子,说道:"离开了。"

可是,抹香鲸摇着头,说自己还是不明白。

"离开到底长什么模样?"他问。

"离开没有模样,"章鱼说,"糟糕也没有模样。"

"是的,"抹香鲸说,"可是我明白糟糕是什么意思啊。"

他们都陷入了思索。

突然,章鱼伸出所有触手,抱住抹香鲸,把他推进海底的沙子里。

"现在,你离开了!"他喊道。

"我在这里!"抹香鲸几乎喘不过气来。

"对我来说不是!"章鱼喊道。

"对我来说就是!"抹香鲸喊道。

不一会儿,他们又并肩游在一起。

"我明白的事情有很多很多……"抹香鲸用饱含悲伤的大眼睛看着章鱼说。他一一列举自己明白的事情:毋庸置疑、不容争辩、咸涩、绵软……"我唯独不明白离开的意思。"

章鱼给他看了看自己成天带在身边的一本书,书名就是《离开》。

书里列举了各种各样的例证：被粗线条删掉的字词、缺失的书页、一翻就不见了的书页，甚至还有除了自己什么都能看见的小镜子。

"你读一读就知道了。"章鱼说。

抹香鲸读了这本书，可是，直到书读完了，他依然不知道离开的意思。

他的眼睛里充盈着泪水，泪珠顺着他灰色的面颊缓缓地滚落。

章鱼用眼角的余光看着他，一瞬间，他觉得自己也快哭了。

"唉，抹香鲸啊抹香鲸……"他说，"我不知道。也许蚂蚁根本就没有离开。"

抹香鲸一跃而起，转过头看着章鱼。"没有离开？"他说，"你说没有离开？这个意思我明白啊！"他想和章鱼一同翩翩起舞。

章鱼露出腼腆的微笑，决心要写一本题为"没有离开"的书，把它献给抹香鲸。

"没有离开，"抹香鲸说，"说的就是我。"

他点点头，心满意足地躺在海底的阴暗处。章鱼伸出一条触手，环绕着他。

9

如果蚂蚁离开了,那么每场生日派对上的每个蛋糕都会剩下一块,熊想。

他挠了挠后脑勺。

他想,问题在于那块蛋糕该归谁。

他的眼前出现了一场生日派对。派对上摆着一个巨大的蛋糕。每个人都分到了一块,只剩下最后一块蛋糕。

"这块蛋糕是留给蚂蚁的。"有人说。

"不行,不行,"熊说,"绝对不行。"

他解释了为什么不行。

他想,至于要怎么解释,我会想出办法的。

"我们抽签。"有人说。

"不行，不行，"熊说，"绝对不行。万一抽中的人已经回家了，这块蛋糕就会被剩在这里，如果天开始下雨，就会把它冲走，谁也吃不到。再说了，"为了确保万无一失，他又补充了一句，"这也不是蚂蚁希望看到的。"

随之而来的是一阵沉默。

这时，熊发表了一段关于诚实和公正的长篇大论、慷慨激昂的演讲。在演讲的最后，他用这些话总结道："因此，那块蛋糕属于最热爱蛋糕的那个人，这就是我所说的公正。而那个人就是我，这是毫无疑问的。"

他环顾四周，咳了两声，然后一口气把剩下的那块蛋糕吞进了肚子。

"以蚂蚁之名。"他还想再说一句，又或是"继承他的意志"。他觉得"继承他的意志"更好听。可是，他的嘴里塞得满满当当的，一句话也说不出来。

动物们瞠目结舌。这没什么大不了的，熊觉得。瞠目结舌又不是什么大事。我偶尔也会瞠目结舌。

没过一会儿，他舔着嘴唇，约定从今往后每一场生日派对上属于蚂蚁的那块蛋糕都归他了，即便蚂蚁回来也不会改变这个事实。谁让他走了呢？假如还有谁想离开，身为熊的他十分愿意知悉，他还会要求对方办一场告别派对，并且烘焙一个巨大的、无与伦比的蜂蜜蛋糕。从公正的角度出发，身为熊的他会独自享用这个蛋糕。吃完之后,他会祝愿对方旅途愉快。

　　动物们纷纷离去,他们满脑子都是蚂蚁。只有熊仍然解释个没完:不管离不离开,世界上所有的蛋糕归根结底都是他的。永远,全部。这一天终将到来!

　　他想,我到底为什么要解释这么多呢?反正事实就是如此。

　　他环顾四周。他的身旁空无一人。蛋糕,他想,蛋糕。

10

麻雀在自家门上挂了一块牌子:

离开(一课包会)

有些动物从他的门口经过,看到了这块牌子。他一边上蹿下跳、两眼放光,一边告诉他们:"离开十分有趣。没错,没错!"

他们询问是不是每个人都学得会。

麻雀的额头上显现出几道皱纹。他说:"只要你真心想学,就一定学得会。你看看蚂蚁就知道了。"

没过多久,他的第一批学生就来报到了。

上课的时间是第二天早晨。

麻雀家周围满是蹑手蹑脚或仓皇逃跑的动物,他们躲在草叶后面喊道:"我离开了吗?"

"快了,"麻雀总是这样回应,"非常好。"然后,他解释道,他们必须想象自己真的离开了。"想象,这是最重要的,"他说,"一定要记住这一点。"

临近傍晚,麻雀说,大多数动物已经完全掌握离开的技巧了。

"这的确十分有趣。"他们说。他们纷纷对麻雀表示感谢。

"明天,我会教另一门课,"麻雀站在门口说,"如果你们还愿意来……"

动物们纳闷地看着他。

"那堂课叫作离开不回头。"麻雀说。然后,他告诉大家,他们会学到无论在什么情形下都不要回头。即便有人极其大声地呼唤自己,诉说他们的想念;即便要过生日了,或是想起落在家里柜子上的东西,瞬间馋涎欲滴,也绝对不要回头。"离开不回头是一门艺术。"他说。

第二天早晨,动物们又敲响了他家的门。他们都想继续学。

课程刚开始,麻雀就让他们分别朝不同方向散去。

接着,他飞到半空中,落到橡树最低处的树枝上,坐着喊道:"这样很好,课程结束了。你们都合格了。回来吧。"

所有动物都回来了。

麻雀摇摇头,解释道,他们恰恰不该回来。这就是这堂课的意义。

"噢,对了。"动物们一边说,一边点点头。

等他们都再度走远后,麻雀喊道:"我搞错了!这堂课叫作回来!不好意思!"

不一会儿,他烤了一个令人难以抗拒的蛋糕,香气四溢。

一部分学生并没有为此而回来。于是,他大声呼喊:"救命啊!救命啊!快来啊!我遇到了非常糟糕的事情!"他放声哀求。

临近傍晚,没有任何动物做到了离开不回头,他们一同把那个令人难以抗拒的蛋糕吃了个精光。

"我们明天继续,"麻雀说,"离开不回头这门课要上两节。"

可是,第二天早晨,谁都没有来,麻雀独自坐在门口叽叽喳喳叫个不停。

他想:也许,我应该在犹豫不决中教课,又或是在高深莫测之类的情形中教课。

11

噢,长颈鹿想,我现在可真是……他摇了摇头。他想:蚂蚁已经变成了两根触角,可是,谁也不知道。

这是一个怪诞的想法,就连长颈鹿自己也知道。他不敢跟任何人提起这个想法。

他想:可是,我就是知道!

在他看来,他头顶上的那两根小短角是全世界最独特的东西,每当他站在小河边,只要弯下腰,就能看见它们。他很希望自己能变成两根小触角,因此他也十分明白为什么蚂蚁会变成一对小触角。

他能感觉得到,他头顶上的两根小短角常常向彼此倾斜。每到那时,它们都会窃窃私语。可是,无论他怎么竖起耳朵，无论他靠得多近，他都听不见它们的话。他明白，它们是在谈论他，它们是在拿他取乐。

他晃晃脖子。两根小短角笑得前仰后合。噢，我要是能变成它们就好了……他想。

有一回，他去蜗牛家做客。他们谈论起自己的触角。蜗牛斩钉截铁地说自己的触角比长颈鹿的更迟缓。在长颈鹿看来，这根本不值一提。

"我的小短角更得意。"他说。

"得意，得意……"蜗牛轻蔑地说，"你想说的是时髦吧……"他用同情的眼光看了看长颈鹿，同他打了个招呼，以最慢的速度爬进了自己的壳里。长颈鹿一杯茶都没有喝就走了。

当长颈鹿看见所有动物都在寻找蚂蚁，他也寻找了起来。只不过，他寻找的不是蚂蚁，而是两根小触角。

他看遍了所有脑袋。他坚信，身为两根小触角，它们只能待在脑袋上，不可能长在膝盖上、脊背上，又或是随便一个地方。可是，他也不太确定。因此，他偶尔也会掀开壳看看，或是趁着别人打哈欠的时候飞快地往喉咙里瞥一眼。

他依然觉得蚂蚁变成两根小触角这个想法十分怪诞。尽管他越来越憋不住了，可他还是没有把这个想法告诉任何人。

一天深夜，趁着所有人都在睡觉的时候，他悄悄地潜到森林的边缘，短暂地憋了一会儿气，然后大声喊道："两根触角……两根触角……你们在吗……"

没有任何回应。

他喊了足足十遍，然后便回家试着睡觉了。

也许，我应该由着他去，长颈鹿想。也许，蚂蚁不希望别人去找他。也许，他成了一个隐秘脑袋上的两根隐秘的触角。要不然，他会抛下脑袋，自顾自地从空中飞过。

他闭上眼睛，看见两根触角飘浮在空中，它们紧紧地挨在一起，在夕阳的照耀下熠熠生辉，它们幸福极了……

这么说来，我也很想离开……他想。一瞬间，他觉得自己脑袋上的小短角也幸福得颤抖了起来。

接着，他便睡着了。

12

一天早晨,正当蚜虫坐在窗台底下,在黑暗中蒙受巨大的羞耻时,他听见两个动物从他的门口经过。

他不知道那是谁,可是,他听见了他们的对话。

"说到蚂蚁的离开,你也觉得很糟糕吗?"

"是的,糟糕透了。"

"我也是。"

"他为什么要离开?"

"我不知道。"

"总得有个原因吧?"

"当然了。"

"你觉得是什么原因?"

"我觉得是……"

说到这里，他们转过街角，话也变得含混不清了。

蚜虫缩成一团。

他想：我就是原因。蚂蚁肯定是这样想的：那个讨厌的蚜虫……离他远一点！远远离开他！

他浑身上下都变得通红通红的，惊恐的汗珠从他的后背、肚子滑过，沿着他的腿，滚落到地上，他全身都在剧烈地颤抖，以至于房子都跟着抖动起来。喀，他想，我为什么要生存在这个世界上……？可是，他很清楚这个问题的答案：他之所以生存在这个世界上，完全是他自己的罪过。

临近中午的时候，他写了一封信：

蚂蚁：

我很抱歉，我很抱歉。

蚜虫

他思考了一会儿，加上了一行脚注"我真的很抱歉"，之后，又在脚注下写了"我真的很抱歉"。接着，他无力地把这封信从窗口丢了出去。

可是，正当这封信消失在灌木丛中时，他突然想道：说不定他会立刻回来，就为了拧我的耳朵或者狠狠踢我一脚，这也是我活该，蚂蚁，如果他彻底不回来了，那么他的回归一定就是我的罪过。

他仿佛看见动物们围着蚂蚁,纷纷问他为什么会突然回来,蚂蚁则愤怒地指了指蚜虫的家,用沙哑的声音嘶吼道:"都是因为他!他应该为自己感到羞耻!"

我已经为自己感到羞耻了,蚜虫想。

他钻到房间最遥远、最黑暗的角落里,试图让自己感到更加羞耻。

"我很抱歉……"他喃喃地说。他想起了所有自己为之抱歉的事情。然而,这些想法无穷无尽。全世界都是他抱歉的对象:太阳、空气、夏天……

他偶尔也会想起蚂蚁。他在遥远的地方翩翩起舞,丝毫不知道自己为什么如此快乐。可是,蚜虫知道。他想:这是因为他再也没有想起过我。

他希望自己也能一时半会儿地忘却自己。

那样的话,我也会翩翩起舞的……他想。那个刹那会持续若干个小时、若干天,甚至若干年。

这时,他为自己感到更加羞耻了,缩成了更小的一团。

13

当猛犸象和乳齿象听说蚂蚁离开的消息时,他们正一同坐在狭小、漆黑的山谷里。

他们面面相觑。

"离开,离开……"猛犸象说,"离开有那么多种。"

"离开就是没有离开,"乳齿象说,"就像我们这样。"

他们点点头。

"我们灭绝了,"猛犸象说,"那么,我们也算离开了吗?"

"这就是问题所在。"乳齿象说。

这是他们思考了一个又一个世纪的问题。

"不管怎么说,他不属于史前动物。"猛犸象说。

"是的。"乳齿象说。

临近傍晚,太阳变得暗淡无光,刺骨的寒风吹过荒芜的灌木丛。

他们瑟瑟发抖。他们的外套早就被虫蛀了,大部分已破败不堪。

"我们跳舞吧!"猛犸象说。

"好的。"乳齿象说。

没有任何值得庆祝的事情,从远古时代至今一直没有过。然而,他们依然很喜欢跳舞。

他们跳起简单而又谨慎的舞步,注视着彼此的眼睛。

"你能在这里,我很高兴,猛犸象。"乳齿象说。

"是的。"猛犸象说。

太阳落山了。对乳齿象而言,这一幕,他已经见过一百万次了,说不定不止一百万次,只不过他也不记得了。

远处传来刃齿虎和美洲拟狮的争吵声,他们正在比拼谁灭绝得更彻底。

"是我!"他们两个都这样说。

过了一会儿,猛犸象和乳齿象又坐了下来。

"希望他没有迷路,"猛犸象说,"不会一不小心来到这里。"

"不会的。"乳齿象说。

天黑了。乳齿象紧紧地挨着猛犸象,猛犸象用长长的鼻子揽住乳齿象的肩膀。

他们就这样沉沉地睡去,在遥远的某处,在远古时代。

14

青蛙想：他不会呱呱叫。就是这样。他为此感到羞耻。蚂蚁就是因为这个原因才离开的。

他蹦了起来。

"可是压根儿就没有这个必要啊！"他喊道，"并不是每个人都得学会呱呱叫！"

他又坐了下来，在心里想：况且，我可以教他呱呱叫啊。叫得不那么好听，我的意思是，算不上非同凡响，但依然是比较好听的呱呱叫。

他环顾四周，一个人也没有见到。他忽然想，受到认可的呱呱叫——这是我原本可以教他的。

他蹦到漂浮在芦苇秆之间的一片睡莲花瓣上，发出了简单的呱呱叫。

等他叫够了，他想：就拿这个来说吧，谁都能学会。

他又发出了更难一些的呱呱叫。

这项技能他原本也有机会掌握，他想。

之后，他又呱呱地叫了一些响亮、持久、复杂的声音。

"这不行！"叫完后，他得意扬扬地喊道，"不过，这个也用不着学。只要我能叫就行！"

他听见远处传来一阵咳嗽声，接着，一个响亮的声音说道："行了，我，呃……今天就用手指堵着耳朵吧。"

青蛙听不清说话的是谁，他也不想知道。他满脑子都是蚂蚁。

他想：我原本应该坚持的。多说说关于呱呱叫的事。说不定，我们还能一起呱呱叫呢。他叫些容易的，我叫些难的。异口同声地叫。

他感到热血沸腾。

他想：我和蚂蚁……一同参加派对和生日聚会。"这是我们听过的最美妙的声音，"每个人都会这么说，"您可以来参加我的生日聚会吗？拜托了！那我的呢？先来我的！""好的，没问题。我们会出席所有人的生日聚会。"

他蹦到水里，水仿佛发出咕噜咕噜的声音。

他从水里冒出头。他想：可是，他从来没有请我教他呱呱叫啊。他肯定以为呱呱叫太难了。这件事的确很难。可是,这并不是痴心妄想。只要他开口,我一定会罩着他。我们一起呱呱叫……

他咽了一口口水。他想:我还从来没有和别人一起呱呱叫过呢。

他一边陷入沉思,一边沿着岸边游动,寻找一个可以坐的地方,呱呱叫些肃穆的东西。

可惜啊,他想。我们原本可以那么美妙地呱呱叫……

他爬上岸。天籁之音,他想。我们的呱呱叫会得到这样的赞誉。无与伦比的呱呱叫。

这时,他从喉咙深处发出了一些肃穆的呱呱叫。这是他从来没有叫过的呱呱声。

眼泪缓缓地从他的脸颊滑过,落到水里。

月亮从云朵后面探出头,风停了。

仿佛整个世界都在聆听青蛙的叫声。

致蚂蚁,他想,谨此致蚂蚁。

毕竟,蚂蚁已经离开。

15

当刺猬听说蚂蚁离开了的时候,他便开始思念蚂蚁。他不知道除此之外,还有什么能做的。

整整一天,他都思念着蚂蚁。每当他累得睡着了的时候,他脑海里的思绪就会无缝衔接成满是蚂蚁的梦。而每当他在片刻之后醒来,他的梦又会立刻变回思绪。

其实,他并不知道自己的思绪究竟是什么。他想:这也没什么关系,只要我还思念着他就可以了。

他并没有觉得蚂蚁会因为他的思绪而回来。在他看来,思绪也不是这样用的。况且,他甚至不知道自己是否期盼着蚂蚁归来。"期盼侵扰思绪。"他曾经在一面墙上看到过这样一句话。因此,他什么都不期盼,什么都不期望。他不叹气,不阴郁,也不悲伤。

他仅仅思念。

蚂蚁陷入自己的思绪中。

"此刻的我很肃穆。"蚂蚁说。

刺猬不知道这句话的意思,可是,既然蚂蚁这么说,那就姑且这样认为吧。

"好的。"他说。

蚂蚁一动不动。毕竟,刺猬的思绪太小,蚂蚁的个头却太大了。

刺猬不时发出呻吟。对此,他束手无策。那是因为蚂蚁在掐他。

"你可以变小一点。"刺猬说。

可是,蚂蚁并不打算这么做。"现在这样,你就不得不思念我了。"他说。

"这么拥挤,你不难受吗?"刺猬问。

"不难受。"

"你喜欢拥挤吗?"

"其实还挺喜欢的。"

"你不疼吗?"

"我不疼。你疼吗?"

"疼。"

"可是,我并不是无缘无故地离开的。"

"是的。"

刺猬常常这样与蚂蚁交谈。这样一来,他就只离开了一半,他想。

他在自己的墙上写下所有他从蚂蚁口中听到过的话:"喀……""你好,刺猬。""是的。""不是,当然不是。""行了,我该走了。""太好吃了,刺猬。""你还有吗?""是啊是啊……""好吧,我解释给你听,刺猬。""呼。好冷啊,刺猬!"还有"喀呃呃嗝"。也许,最后那个词只不过是蚂蚁在清嗓子,对此,刺猬也不太确定。

他把一封蚂蚁曾经写给他的信钉到门上:

亲爱的刺猬:

蚂蚁

蚂蚁告诉过他,话少比话多更有内涵。这封信涵盖了一切。

刺猬时不时摔倒在地,扎伤自己。这就是他对蚂蚁的思念程度。可是,他并没有停止思念他和梦见他。必须如此,他想。等他回来,我才会忘记他。

他又读了一遍门上的那封信。

他想:我原本应该给他回信的——亲爱的蚂蚁:刺猬。

他摇了摇头。抛到脑后了,他想。这么看来,我也算不上什么亲爱的。

这时,他又思念起了蚂蚁。此刻的蚂蚁变得比以往任何时候都更大、更肃穆,从四面八方招着他。

16

"离开?"乌鸦用沙哑的嗓音问道,"蚂蚁?他根本没有离开!"

他坐在橡树最低处的树枝上,环顾四周。"他就在那儿!"他一边说,一边指向周围。"在那儿。在那儿。"

在他看来,他指的每一棵大树后面都藏着蚂蚁。

可是,动物们看遍了他指的每一棵树,也没有发现蚂蚁的踪迹。

"当然不在。"乌鸦用沙哑的嗓音说道,"难道你们从来没有听说过迅雷不及掩耳之势吗?他在那儿!在那儿!"

一段时间过后,动物们不再去看了。这正如他所愿,乌鸦在心里想。

他飞到橡树顶上坐着。在那里,他能俯瞰整片森林,思索蚂蚁的问题。

他想:我必须毫不起眼地思考。

可是,仅仅这样是不够的。

这时,他想:我必须思考一些别的事情。不错,就是这样。这样一来,他的思路便偏离了轨道。这正中蚂蚁的下怀——他就是想让我偏离轨道。

他试图思考一些别的事情,可是,他怎么都做不到。

他偶尔一跃而起,一蹦三尺高,用尽全力嘶吼道:"我看见你了!我还听见你了!承认吧!你伤害了我!"然后,他重新坐下,试图思考一些别的事情。

这天深夜,他躺在床上,瞪大双眼,望着天花板。

然而,他眼里的不是天花板,而是蚂蚁。深夜就是蚂蚁。全世界都是蚂蚁。离开……他想。他们怎么会这样想……他一跃而起,嘶哑的嗓音划破夜空:"什么都没有离开!"

随后,他重新躺了下来。

周围静悄悄的。

他竖起耳朵听了很久,却什么声音都没有听到。

突然,他想:说不定,他真的离开了。故意的。

这样一来，我就会徒劳地认为他还在，认为他还能看见我。没错，没错……

他一边嘶吼，一边用喙敲击墙壁，喊着："哎哟。"

他希望离开的是他自己。他想：没有人会相信！没有人！我会一直离开，直到他们相信为止。到那时候，我再回来。等他们相信我回来了，我会再次离开……

他听见所有的动物都睡着了。没错，没错，睡吧……他想。

他们梦见了蚂蚁。没错，没错，梦吧……

森林里寒冷又寂静。乌鸦睡着了。

17

"也许,我们都离开了,"蝴蝶说,"只有蚂蚁是个例外。"

动物们瞪大眼睛看着他。

"也许,他此刻正在冲我们呼喊:'你们在哪儿?'可我们听不见他的呼喊。"蝴蝶继续说道。

每个人都陷入了思考。

万一蚂蚁刚刚呼喊了他们,可他们没有听见,那可怎么办呢?为了防止这种情况出现,他们决定一同回应些什么。

他们商量着应该呼喊什么。有些动物认为大家不应该呼喊,而是应该呱呱叫或者唧唧叫。可是,其他动物认为呱呱和唧唧的叫声很不合适。

最终，成百上千的动物一同呼喊起来，他们在森林、小河、大海、高空以及遥远的地方一同喊道："我们在这儿！"

接着，他们竖起耳朵，屏住呼吸。

世界从未像此时此刻一般寂静。

可是，没有任何回应。

有些动物认为蚂蚁或许在思考。又或许，他不知道"这儿"是哪儿。

其他动物点点头，不一会儿，他们一同呼喊起来："我们无处不在！"

可是，全世界依然静悄悄的。

有些动物觉得这个回答也不太好，他们说，如果蚂蚁呼喊道"你们在哪儿"，那么他们就应该回应："你说的是谁？"他们说，这是一个问题。这样一来，蚂蚁就可以回答："你们！"要不然，他会想：噢，无处不在，然后耸耸肩膀。

所有动物用尽全力一同呼喊，似乎世界都颤抖了起来。四面八方的墙上有东西掉落下来，碎了一地："你说的是谁？"

可是，全世界又一次万籁俱寂。

于是，他们继续呼喊："某个地方！"还有："你自己在哪儿？"紧接着，他们用更大的声音异口同声地喊道："蚂蚁，蚂蚁！"自从蚂蚁离开之后，他们已经呼喊了很多遍。可是，依然没有回应。

蝴蝶一边摇着头一边想:也许,我们永远都不会回去了,只剩下他一个人留在原地。他觉得这个想法很可怕,因此没有将它说出口。

18

姬蜂坐在松树最高的那根树枝上,喊道:"别回来!"还有:"你离开了,我很高兴!"还有:"永远不要回来!""你要是回来,我就立刻把你赶走!""你胆敢再露面试试,你听见了吗?"

他一连喊了好几个小时,喊得嗓子都哑了。直到这时,他才爬了下来。

"你为什么那样喊?"动物们问他。有的动物正摩拳擦掌。他们怒火冲天。他们很想念蚂蚁,一心希望他快点回来。

"嘘,"姬蜂压低声音说道,"我也希望他快点回来。我说的是反话。是故意的。"他解释了自己的做法。

动物们听他说完，惊讶得直摇头，明白了他的意图。

第二天，姬蜂重新爬上松树顶端，喊道："所有东西都一扫而光了！"还有："没有人想打听你的消息！""你知道他们是怎么称呼你的吗？'恶心的蚂蚁'！""千万不要回来！"

这天晚上，他重新从树上爬下来。没有人跟他说话，他却觉得内心深处有些躁动。他想：万一蚂蚁真的信了我说的话……

等到四周漆黑一片，他才动身朝着森林的边缘走去。那个地方从来没有人去过。他爬到一片灌木丛的顶端，用手捂住嘴巴，尽可能大声地窃窃私语："我说的可是真的噢，蚂蚁！"

他等了一会儿，然后尽可能大声并且充满敌意地喊道："糟糕透顶的蚂蚁！"还有："就算你回来了……""那也没人认识你了！""你根本不知道你还要经历多少令你后悔的事！"

可是，蚂蚁并没有回来。

姬蜂不知道那是不是因为他。他想：不管蚂蚁回不回来，我都做出贡献了。所以说，我很重要。

之后，他心满意足地默不作声，等待着蚂蚁。

19

森林的边缘住着旱獭。有一天,狗獾上门来做客。

他们一起喝了茶,还聊到了蚂蚁。

"我觉得,"旱獭说,"蚂蚁被揉成一团,然后丢掉了。"

狗獾难以置信地看着他。

"是真的!"旱獭说,"是真的噢!我也曾经被揉成一团。"

"被谁揉的?"狗獾问。

"被谁,被谁……喀,要是知道就好了……我还没来得及弄清楚就被揉成一团了。一旦被揉成一团,就再也别想弄清楚了。"

"后来呢?"狗獾问。

"后来,我就被丢掉了。"

"丢去哪儿了?"

旱獭思考了一会儿。哪儿,他想,又是一个无解的问题……

"无底洞里。"他一边说,一边心满意足地点点头。

"哎哟哟,"狗獾说,"后来呢?"

"什么后来?"

"后来发生了什么?"

"就到此为止了。"旱獭说。可是,他觉得后来还应该发生些什么。他想:要是我没被揉成一团就好了。

他们沉默了好一会儿。

"喀,"旱獭开口说道,"说不定他是被赶走的。我也被赶走过。"

狗獾什么也没问。

"被赶到一个遥远的地方。"旱獭说。

狗獾看了看杯子里的茶。

"后来,我再也没有回去!"旱獭喊道,"你记住了!再也没有!而且,我还遭到了唾弃和诅咒!"

他掀翻了放着杯子的桌子。他想:我是怎么想的?

狗獾抹去落在肚子上的几片茶叶。

旱獭扶起桌子,重新拿了两个杯子,往杯子里倒满茶。他想：说到被揉成一团和丢掉的时候，我应该就此打住的。

"不管怎么说，他遇到了一些事情，"他说，"无论是什么事情。"

"是的。"狗獾说。

"那么现在呢？"

"现在怎么了？"

"现在该怎么办？"

"喀。"狗獾一边说，一边挠了挠头顶的纵纹。

之后，他们不再说话，只是喝着茶，想着蚂蚁。他们很想知道，是他们对蚂蚁的思念多一点，还是蚂蚁对他们的思念多一点。

他们不知道答案。

20

这就是蚂蚁的结局,螃蟹想。就算他回来,也已经晚了。

可是,当他把这些话告诉动物们的时候,动物们却纷纷询问他什么是结局。他们从来没有听说过这回事。还有晚了,什么是晚了?

"我很愿意解释一下。"螃蟹说。

"好的。"动物们说。

可是,螃蟹根本解释不清楚。

他想:解释不清楚的东西,我就不该想。可是,他止不住地想:蚂蚁完蛋了,这彻底过去了,结束了,就算他现在回来也已经晚了,这就是他的结局。

这是一些悲催的想法。

他朝家走去。他的家在大海边的一块岩石后面。他让海水吞没他的家，然后藏身于海浪之间。

他乞求那些想法离他而去。"结局……"他喊道，"我压根儿不知道那是什么！"

可是，尽管他无法解释，他打心底里知道它的意思。结局什么也不是。

他就这样躺着。他不想见任何人。他想：他们只知道谈论蚂蚁，只知道说他会回来。我是唯一知道这是他的结局的人。

他不知道为什么自己是唯一，也不知道这个想法是怎么出现在他脑海里的。他想：我永远也不会知道这个问题的答案。

天黑了，他在海浪间沉沉地睡去。只是，在一瞬间，在短短的、不足一秒钟的时间里，他想到蚂蚁会回来，所有人欢呼着说道：你瞧见了吗，螃蟹，那不是他的结局……到处都挂着巨大的牌子，牌子上写着：

不是结局

所有人从牌子跟前走过，漫不经心，越走越远，再也不回头。

螃蟹睡着了，什么都不再想。

21

亲爱的动物们:

近期,我从各位那里听说蚂蚁以口头和书面的形式离开了,而且一直没有回来。

我感到极其遗憾。

我曾想给他写一封信。

如今,这封信和其他诸多没有被书写的信一起,被封存在我的脑海中。

我之所以写信,原因如下。各位不知道蚂蚁在哪里。各位四处寻找,却一无所获。这一点,从各位的信件以及书面和其他各类形式的召唤中可见一斑。

我想给各位一条锦囊妙计:

以字面意义理解

如果不照做,各位就永远都找不到他。如果照做,说不定还有机会见到他——以辞藻、语句,又或是其他某种书面的形式。

生命原本就是字面意义上的!!(我特地在后面加上了两个醒目的感叹号)难以捉摸,却十分字面!!

如此理解它。

亲身阅读。

耐心书写。

连同句号和逗号一起问候您。

您书面的动物同类,
蛇鹫

22

当白斑狗鱼告诉鲤鱼蚂蚁离开了的时候,鲤鱼说:"我十分理解。是的。"

白斑狗鱼看着他,双眼瞪得溜圆。

"你什么意思?"他问。

"喀……"鲤鱼一边说,一边耸了耸肩膀,"我该怎么说呢……"

白斑狗鱼觉得似乎有人用尽全身力气,伸出双手抱住他的脑袋,想把他拖出水面。

"我想知道你是什么意思,鲤鱼。"他用尖利的嗓音说道。

"意思……意思……"鲤鱼说,"这算什么话!我不想伤害任何人,白斑狗鱼。那并不是我的本意。不过，像蚂蚁这样的人，又或是像我这样的人，之所以不愿意继续留在这里，并不是毫无缘由的。"

"有什么缘由？"

"喀……"说着，鲤鱼的目光越过白斑狗鱼，落在黑暗的远方，"假如你对某个人忍无可忍……其实，我知道……唉，还是算了吧……"

"什么？"白斑狗鱼嚷嚷起来，"你知道什么？"

"知道……知道……有些事情呀，亲爱的白斑狗鱼，它们是人们自然而然知道的。那是些毋庸置疑的事情——就是这样。它们也被称为真相。"鲤鱼说。他环顾四周，打了个哈欠，说道："好了，我该走了。今天，我要去一个跟你相反的方向，白斑狗鱼。"说完，他缓缓地、从容地挥舞着鱼鳍游远了。

白斑狗鱼躺在靠近小河河床的芦苇间。他身上的鱼鳞啪嗒、啪嗒的。

蚂蚁，他想，蚂蚁……他很希望蚂蚁能在这一刻回来，追上鲤鱼，说他对白斑狗鱼没有任何意见，任何意见！

接着，蚂蚁会回到他的身旁，和他一起聊聊天。他们也聊到了毋庸置疑的真相和猜测。蚂蚁会说：毋庸置疑，我很喜欢你，白斑狗鱼。他还会说他希望鲤鱼能在正午时分，在炙热的阳光下游到岸上，游进沙漠。

作为白斑狗鱼，他会说：是啊。炙热。阳光下。

蚂蚁会说：这样一来，我再也不用离开了。

是的。

可是，当天下午，白斑狗鱼和鲤鱼又相遇了。

鲤鱼友好地点点头。"我收到了蚂蚁传来的消息。"他说。

"让我看看！"白斑狗鱼喊道。

鲤鱼掏出字条，递到白斑狗鱼跟前：

亲爱的鲤鱼：
  我很想念你，但是不想念白斑狗鱼。
  这是我的福气。

           蚂义

这是一张小小的、湿答答的字条。

"蚂义？"白斑狗鱼问。

鲤鱼从他的鳍里一把抢过字条，快速地添了几笔。

"上面写着，蚂蚁。"他说。他上气不接下气，仿佛他此刻身处岸上似的。"你好好看看吧。顺便说一句，这也没什么关系。这是福气，白斑狗鱼，真正的福气！"

然而，他满脸通红，飞快地游走了。

白斑狗鱼缓缓地沉向河床，心满意足地睡着了，尽管他的心里依然思念着蚂蚁。

23

"他身上穿着哪件外套?"水鼬听说蚂蚁离开的时候问道,"有人知道吗?"

可是,谁也不知道。

"是天鹅绒的吗?是绿色的吗?是细条纹的吗?"

"我们不知道,"动物们说,"我们很抱歉,水鼬。"

水鼬垂下脑袋,思考了起来。

他暗自思索:如果我离开,我该穿哪件外套呢?他端详着自己的外套,它们一件比一件漂亮,可是,他无从选择。

"假如我和蚂蚁一样离开这里,你们再也得不到任何关于我的消息,你会建议我穿哪件外套呢?"他向每个人都提了这个问题。

每个人都思考片刻,然后说道:"不知道,我很抱歉,水鼬,我们不知道。"

"怎么没有人知道呢?"水鼬一边绝望地呼喊,一边狂热地穿上他的成百上千件外套,然后又脱掉。

可是,就连这个问题也没有人知道答案。

于是,他动笔写信:

亲爱的蚂蚁:

我困惑了。

我是水鼬。

我必须弄清楚一件事。

你离开的时候穿的是哪件外套?

此刻你穿的依然是那件外套吗?还是换了一件?

水鼬

他把信抛到空中,任由风把它吹过云朵,卷向沙漠。

可是,他没有收到回复。

"它一定是一件无法用语言形容的外套。"他每遇见一个动物就这么说,每个动物都点点头说:"很有可能,水鼬,一件无法用语言形容的外套。"

水鼬把自己关在屋里,试图想象一件无法用语言形容的外套是什么模样。可是,他怎么也想象不出来。

随着时间的流逝，他渐渐感受到心中燃起一股对蚂蚁和他的外套的怒火。

"你的那件外套……"他喊道。他险些窒息，几乎喘不过气来："难道你离开得漫不经心？没有穿外套……！"这是一个可怕至极的想法。可是，这令他脑海中的蚂蚁变得无所不能。

水鼬变得狂躁不安，一段时间过后，他一副邋里邋遢的模样，谁都认不出他了。他吃光了所有的外套，并开始啃食自己的毛皮。

他也会难得地把脑袋伸出窗口，挥舞着光秃秃的拳头，大声呼喊："丑陋至极，丑陋至极……"

可是，他早就不知道自己说的是谁或者是什么东西了。

24

"他去了一个人人倒立的地方,那里充满了笑声,一切都十分滑稽!"土豚喊道。

他倒立着,哈哈大笑,似乎一切都很滑稽,可是除了他,谁也没有倒立,谁也不觉得有什么滑稽的事。除了土豚,每个人都直挺挺地站着,想着蚂蚁。

"你们该不会以为他之所以离开是为了去一个别的地方站着,一脸严肃地张望吧?"土豚喊道。

欢笑的泪水从他的眼角滑落,滑过他的额头,落在地上,汇聚成一片小水洼。他站立的地方变成了一片泥淖,在他看来,这是他经历过的最滑稽的事情。

他来回挥舞双腿。

"这也是蚂蚁正在做的事!在那儿,他们都是这么做的,为了避免复原!"他喊道。

身旁的大树在他的狂笑声中瑟瑟发抖,动物们纷纷绕着他行走。

"在那里,没有人绕着蚂蚁走,"土豚喊道,"在那里,每个人都很滑稽,每个人都倒立着!在那里,他们高声尖叫!这里却不是。也不可以。在这里,一个滑稽的人都没有。在这里,他们只知道靠双腿站立。"

听到这里,动物们皱起眉头,走到土豚跟前,把他推倒在地,让他站起来,禁止他倒立、哈哈大笑、寻找滑稽的事情。

土豚的脸上写满了悲伤。

"这恰恰是他离开的原因,"他说,"我早就说过了吧?!"

可是,动物们用手指堵住耳朵,不听他说。

"如果他在这里,他一定会请我倒立、哈哈大笑、寻找滑稽的事情。"他说。

他叹了一口气,垂下眼睛说道:"他在别处哈哈笑。"

接着,很长一段时间里,他一言不发。双腿直立的他再也想不出任何滑稽的事情,他的眼里也没有了任何滑稽的事情。

夜深了,天空中下起雨,所有动物都回家了,土豚独自直挺挺地站在原地。他轻轻地说道:"蚂蚁,我很想你。"

唯独蝙蝠听见了他的话。他拍打着翅膀,从他眼前飞过,说道:"我也是,土豚,我也是。"

随之而来的是一片寂静和肃穆,处处如此。

25

粉鼠坚信蚂蚁只是躲起来了。

他历数了所有可以藏身的地方,最后,粉鼠对自己说:"我知道了。他躲在一个词语里了。绝对是这样!"

他知道,世界上再没有一个地方比词语更适合躲藏。

他想:我要去找他。

他知道,只要找到蚂蚁藏身的那个词语,蚂蚁就不得不露面了。要不然就太没有信誉了。

他本人就在一个词语里躲藏过,他以为没有人认识那个词语。

可就在那时候,鼹鼠从地底下探出脑袋,打着哈欠喊道:"今天的感觉可真粉粉鼠啊!"

就是这个词语——粉粉鼠。于是,他从这个词语里爬了出来。愿赌服输。

他开始寻找蚂蚁。

"蚁蜜。"他说。可是,蚂蚁并不在那里。反正今天不在。

"丰蚁。"他说。他不知道这个词语是什么意思,反正它的意思也不重要。

蚁敢,他突然想到。他就藏在那里!在他看来,那是一个无与伦比的词语,他简直想冲上去祝贺蚂蚁能藏在这个词语里。他沿着橡树往上爬去,打着哈欠,好像心不在焉,然后喊道:"今天的感觉可真蚁敢啊!"

可是,蚂蚁并不在蚁敢里。他也不在近蚁和不蚁里,同样不在可蚁、独蚁、蚁裂、勤蚁和蚁念里。

粉鼠一个词语接一个词语地找,可是哪里都没有蚂蚁的身影。

突然,他想:也许他躲在感叹号里了。于是,他用尽全力地喊道:"蚂蚁蚁!"

紧接着又换成了:"噢,真是个大蚁天啊,今天……"

他想出各种稀奇古怪的词语和品行,任何有可能藏身蚂蚁的词语都不放过。他一边思索,一边爬到橡树顶端,然后又回来。

天色渐晚。

太阳落山了,薄雾在森林里缭绕。

他想:我放弃。他真的……他赶忙又想出一个词语:"不可蚁代。"

可是,蚂蚁也不在那里。

能够藏身的词语实在太多了,他想。

他走回家,动手给蚂蚁写了一封信:

亲爱的蚂蚁:

  我放弃了。

  你无迹可寻。

  快回来吧。

  就算回来了,你依然是无迹可寻的。

  我绝对相信。

粉鼠

然后,他枕着自己最喜欢的词语——暖和、所有、永远、我,沉沉地睡去了。

26

天鹅伸长了脖子,抬头仰望,目光忧郁地说道:"我明白,蚂蚁,我明白。"

他明白蚂蚁离开的原因,把它们写在自己的记忆里:

> 这里并不典雅,
> 这里失礼、污秽、错杂,
> 这里荒芜、肮脏、垮塌。
>
> 在这里,他们的想法肆意又抓瞎,
> 在这里,他们的感受很是腌臜。

在这里，他们所做的事情就是冲撞、偷窥、糟蹋，

吹嘘、搜寻、抢夺、戏耍……

他清了清嗓子。还有这个呢，他想，清嗓子……刹那间，他觉得自己的羽毛熠熠生辉。

在这里，每到寒冷的时候，他们就会说"呼"，他想。在这里，每到生日时分，他们都不愿意接纳得到的礼物。在这里，每当说起美味的蛋糕，他们指的是烧焦的泥淖。在这里，每当翩翩起舞，他们会踩踏彼此的脚尖。在这里，每当拥抱的时候，他们会压扁对方。在这里……

天鹅源源不断地琢磨着蚂蚁离开的原因，并且把它们一一附加在他想象中的列表里。

在那里，一切都不一样，他想。

他幻想出庄严、美好、典雅的东西。至于它们究竟是什么模样的，他也不知道。这个问题，蚂蚁知道，他想。

他抬起头，心想：我究竟为什么不到那里去呢？

他发出轻柔而悠扬的声音，心想：说不定，那里只能容得下一个人。

他叹了一口气，垂下脑袋。如果蚂蚁回来，说不定，我就能……不行，他想。

他打了一个冷战，把脑袋埋进翅膀里。

我应该听从命运的安排,他想。至少,如果有命运……

他沮丧地环顾四周。如果所有的错杂能略微有序一点,他想,如果所有的肮脏能稍微干净一点……可是,目光所及之处,他看不到一丁点儿有序和干净的东西。

他飞到空中,缓慢地拍打翅膀。在那里,拍打就像无稽之谈。用他自己的说法,他要飞向小河,只为游离他的悲伤。

夕阳透过枝丫照射大地,小河荡漾、波光粼粼,天鹅不得不承认,这一切看上去十分有序。

他落在浪花上,闭上眼睛,缓缓地随波流去。

27

"没错,离开。"天牛喃喃自语。

他躺在床上,努力入睡。动物们撞击着他的大门。

他侧过身。

我什么也听不见,他在心里想。

可是,动物们越发用力地撞击他的大门。

"天牛,天牛……!"

"我睡着了。"

"你必须帮帮我们。"

"不行。"

"行的。"

他们不住地敲门,喊得越发大声。

终于,天牛打开了门。

"我说过了,不行。"他说。

"蚂蚁离开了。"

"我知道。"

"他必须回来。拜托你了!"他们紧紧地抓住天牛,不让他睡觉。"必须如此!"

"我尽量。"天牛一边喃喃地说,一边动工。

动物们站得远远的,望着他。

随着时间一分一秒过去,各种离开了很久的动物纷纷回到了他们面前——原牛、洞熊,甚至还有渡渡鸟。他们惊讶地环顾四周。

"我们怎么会在这儿?"他们问。

"没什么。"天牛说。

他们觉得当下太奇怪了,便问能不能让他们回去。

天牛点点头,让他们走了,然后继续动工。

他的额头渗出豆大的汗珠。"噗……"他嘴里不时喃喃地说着。

夜幕降临,猛蚁回来了。他的长相酷似蚂蚁,可是,他懂的不如蚂蚁多,而且他也不喜欢吃蜂蜜。

动物们聚精会神地端详着他,然后摇了摇头。

"这是怎么回事?"猛蚁问。

"没什么。"天牛说。他放他走了。

夜深了。

天牛坚持不住了。

他一边摇头,一边说着"不行了",然后关上门,爬上床,睡了过去。

动物们各自回家,垂头丧气的。他们想:蚂蚁再也不会回来了,这下,我们终于能够确定了。然而,除了天牛,其他人一夜无眠。

28

猫头鹰给蚂蚁写了一封信。

尊敬的蚂蚁：

　　就算您离开了，我也要给您写封信，您觉得可以吗？

　　如果离开的是我，我会觉得可以。

　　如果我离开，我会留下一封信，上面写着：

　　别找我，别喊我，别伤心，

　　别思念，记得写信。

　　也许，您也留过这样一封信，

　　只不过，它被弄丢了。

　　我之所以给您写信是因为我有所发现。

只要我给您写信,您就不算离开!

现实中是离开了,但是您依然在我的脑海里。

我给您写信时,我的脑海是真实的,

真实的却一点儿也不真实。

您知道吗,

这就是我的发现。

这会儿,天亮了。我要睡觉了。

这就是我的信。

猫头鹰

29

在遥远的地方,在人迹罕至的月亮上,住着皮蠹。

当他听说蚂蚁离开了的时候,他沿着月亮的边缘向下张望,想看看蚂蚁会不会来找他。真正的离开就是来这儿,他想。

可是,谁也没有来。

我离开了,皮蠹想。他没有。我缺席了。我缺席了所有。

他想象出一场盛大的宴会,周围是成百上千张琳琅满目的桌子、热气腾腾的盘子、玻璃杯,还有音乐、灯光和舞蹈。所有来的人都觉得所有人都来了。每当有人问起现场的氛围,其他人就会告诉他:"欢庆的氛围。这就是欢庆的氛围。"

当宴会接近高潮时,有人喊道:"我们是所有人!"紧接着,又有一个人喊道:"不对,我才是所有人!"随后,其他人喊道:"我也是!还有我!"

大家越发畅快地欢笑和舞蹈。

忽然,有人仿佛觉察到了危险,说道:"有什么缺席了。"

所有人都怔住了,他们停止了欢笑、舞蹈、吃饭和欢乐氛围,开始窃窃私语:"是真的。有什么缺席了。"

可是,谁也不知道缺席的是什么。

宴会戛然而止。所有人都回家了,他们皱着眉头,陷入了沉思,谁也没有睡着。每个人都辗转反侧,时不时地坐起身,下床,在房间里来回踱步,然后重新躺下,觉得自己有答案了,可事实上依然没有。

我缺席了,皮蠹想。他们却不知道。

他摇了摇头。蚂蚁肯定也很想缺席,他想。说不定他正妒火中烧!

他紧闭双眼。他想:只有我才能缺席,真正的缺席。两个人一同缺席可不行。

他在月亮上爬来爬去,仿佛他把整片天空连同不计其数的星星一起扛了起来,想带它们去什么地方,只不过,他不知道自己要去哪儿。

在遥远的深处，在地球之上，他听见动物们呼喊："蚂蚁！快回来！"

好像他回来了就什么都不缺了似的……皮蠹酸楚地想。睡梦中的他们肯定会奇怪地辗转反侧！

他闭上眼睛，想起了热闹的场景、欢乐的场面、偶然的相遇、生日的庆典和美好的记忆。他想起了他所有的缺席。

"离开在这里！"他很想大喊一声。可是，他没有喊。他想：绝对不能让他们知道。那就是我。

30

他会不会迷路了?海象想。

他游进小河狭小的支流里。

他最想做的事莫过于迷路。可是,无论去哪里,他总会遇到一个认识并为他指路的人。

"可我不想知道路!"他总是这样喊,"我想把它丢掉!"

对方耸耸肩膀说道:"我也没有办法,我就是认识路,海象。"

"那就把它忘掉。"

但是,不管怎么努力,他们都做不到。遗忘是世界上最难的事情。

海象默不作声地向前游去。

他看见远处有一个人坐在一片百合花花瓣上。

"我不知道您是谁,"海象隔得老远就喊了起来,"而且,您的声音对我而言也很陌生!"

"我是青蛙,"对方喊道,"我会呱呱叫。你好啊,海象。"

是青蛙,海象默不作声地想,我认识。

"你也想呱呱叫吗?"青蛙问。

海象很想转身离去,可是,他清楚地知道自己从哪里来,他并不愿意回去。

他朝着青蛙游了过去。

又没迷路,他忧伤地想。他很想知道蚂蚁是怎么成功迷路的。

他和青蛙打了一个招呼。

"您知不知道我怎么才能在这里走丢?"他问。

青蛙不知道。

"您清楚地知道我在哪里。"海象说。他长长地、深深地叹了一口气。

青蛙瞪大双眼看着他。

"需要我为你呱一些鼓舞人心的叫声吗?"他问,"它可是非常特别的。每当我在黑夜中呱呱叫时,所有人都会以为太阳出来了。"

"谢谢您,"海象说,"您有没有什么吃的东西?"

"噢,有的!"青蛙喊道。

不一会儿,他们就坐在一旁,吃起了泥淖果冻和甜甜的浮萍。

海象想:我并不是不知足。他很想知道蚂蚁有什么吃的。说不定什么都没有,他想。

"趁着你吃饭的时候,需要我,"青蛙问,"呱一些令人愉悦的叫声吗?"

海象嘴里塞得满满当当的,一句话也没有说。

青蛙呱了一些简单的、不起眼的叫声。高高的天空中,太阳照耀大地,小河水波荡漾、波光粼粼,仿佛在等待一个人说:"好了,我要走了。哪里都不去。"

31

"我们应该给他一个惊喜,"河马说,"我们应该把他的家装饰一番,烘焙好蛋糕,准备好礼物,这样,他自然就回来了。"

他无法想象,无论他相隔多远,假如他的房子装饰一新,所有人都望穿秋水地期盼他,身为河马的他还能不回来。更别提还有一个惊喜了。

动物们来到蚂蚁的家。

他们把它粉刷得五彩斑斓的,又用彩带和旗帜装饰一新。

他们搭起长长的桌子,摆上几十个蛋糕,蛋糕芳香四溢,香味一直飘到云朵之上和大洋彼岸。

他们把给蚂蚁的礼物堆成山,有些礼物是蚂蚁想破脑袋也猜不到的。他们在方圆数里的地方挂起巨大的牌子，上面写着：欢迎回归，蚂蚁。他们朝四面八方送信，信上写着：

亲爱的蚂蚁：
我们给你准备了一个惊喜。
你会来吗？

所有人

青蛙迫不及待地呱呱叫，大象指了指自己打算攀爬的大树，他要在那棵树的树顶上专门为蚂蚁做一次单脚尖旋转。每个人都想出一个主意，忙得不可开交。

只有松鼠一动不动。他坐在一旁，倚靠着蚂蚁家的墙。他用双膝紧紧地夹着一罐蜂蜜，两眼看着地面。

等一切准备就绪，他们便开始等候蚂蚁。

他们时不时地听见一些响动。每到那时，所有人便会一起跳起来，喊道："他来啦！"可是，那不过是一片叶子从树上飘落或者蟋蟀清了清嗓子。

暮色笼罩大地，蚂蚁却没有回来。

他们重新写了一封信，信上写着他们为蚂蚁准备了"超级多的惊喜""其中包括非常特别的惊喜"。他们向蚂蚁保证，只要他回来，他一定会为所有的一切感到高兴。可是,他没有回来。

当周围只剩下漆黑一团时,河马说:"也许,我们应该自顾自开始,然后他就自然而然地回来了。"

其他人点点头。他们跳起舞、吃起蛋糕。

有的动物以蚂蚁的名义拆开礼物,发出响亮甚至极其响亮的惊呼声,放开嗓门喊道:"谢谢你!太好看了!它恰好是我一直想要的!"

青蛙呱呱叫着令人动容的声音,直到嗓子都喊破了。大象转起特别的单脚尖旋转,掉到地上,发出一声巨响。

按照河马的说法,那是一场超棒的派对。他想:现在,应该轮到蚂蚁出现了!要不然,这一切就要结束了……

只有松鼠坐在一旁,倚靠着墙。夜半时分,他站起身,一言不发地回家了。谁也没有留意到他。他带走了那罐山毛榉蜂蜜。他一边行走在漆黑的森林里,一边对路过的每一棵大树都说一声"蚂蚁",然后拍一下树桩。

他不知道有生之年,蚂蚁还会不会回来。

32

河狸在心里想：我原本应当筑一堵墙的，那样，他就翻不过去了。

可是，当河狸在森林边缘遇到蟋蟀，并且说出这个想法时，蟋蟀问他："如果现在有一个我从没听说过的人想来我家做客，而他的家正好就在墙的另一边，那该怎么办呢？"

河狸不知道该怎么回答。

"如果蚂蚁真心想离开，可面前有一堵墙，于是，他咬紧牙关，决心再也不见任何人，那该怎么办？"蟋蟀问。

"这个……"河狸说。

"如果他在地底下挖出一条隧道，那该怎么办？"

"我有办法!"河狸喊着,一跃而起,"我可以往下筑!"

"如果他还是要离开,而且方式十分神秘,从来没有人听说过这种方式,就连墙都阻挡不了,那该怎么办?"

河狸沉默了。

"如果我们想一同出发去追赶他,但是我们采取了平常的方式,被墙挡住了去路,那该怎么办?"蟋蟀问。

"我也可以筑一堵很小的墙。"河狸小声地说。他看着地面,闷声不响地走远了。

回到家,他坐在门口,陷入了思考。

他想道:不管怎么样,我都应该筑一堵墙。他伸出右拳,砸向左手掌心。"这一点,我很确定。"

他的眼前出现蚂蚁的身影:他站在墙跟前。哎呀,蚂蚁说,我真是没想到……

蚂蚁试图翻越这堵墙,从底下钻过去,又或是径直穿过去。可是,他怎么都过不去。他沿着墙不停地走,直到走不动为止。他在墙上贴着的一张字条跟前停下了脚步。

坚不可摧的墙。
来我家吃蛋糕。

河狸

蚂蚁读了字条,一瞬间,他浑身充满了力量,朝着河狸奔去。

河狸在自己家里,他刚好烤了一个蜂蜜蛋糕。

他们一边吃蛋糕,一边聊着坚不可摧和炎炎夏日,蚂蚁再也没有离开。

我放弃,河狸,他说。

好的,蚂蚁,河狸说。

河狸想:我原本应该筑一堵这样的墙。现在已经晚了。

33

离开？蟾蜍想。爆炸了！他肯定是愤怒得爆炸了。

蟾蜍自己就常常会愤怒得爆炸。他喜欢爆炸。面红耳赤、怒气冲冲、两腮鼓胀、大喊一声"什么？！"，然后就是爆炸，接着碎成上千片，纷纷扬扬地落下来……世界上再也没有比这更美好的事情了。

可是，他从来都不会炸很久。纷纷扬扬地落下来，然后支离破碎地躺一地，也谈不上什么令人开心的事情。所有人都有可能踩上一脚："噢，不好意思，这是什么？哎呀，是蟾蜍的肚子……还有这个，它看起来像是个耳朵……"

他总是能快速地拼凑复原。到那时候，也就没什么值得愤怒的了。

他很想知道蚂蚁是因为什么而愤怒的。他很想知道问题的答案。

他询问遇见的每一个动物。可是，谁也不知道。

一定是发生了什么可怕的事情，蟾蜍想。说不定是遭受了羞辱。他瑟瑟发抖。他不知道什么是羞辱，可是，他知道这件事很可怕，也知道它会从四面八方袭来，尤其是从身后和地底下袭来。在他的记忆里，他还从来没有遭受过羞辱。然而，他常常会想：如果有朝一日我遭受了羞辱，我一定会很愤怒……到时候，爆炸的就不光是我了……

片刻之后，他又想：也许，他爆炸的时候恰好刮起了一阵旋风。这也是有可能的。也许，他被吹向了四面八方，再也没法变成蚂蚁了。

他打了一个冷战。他自己就很小心，从来不在刮风的时候愤怒，更别提在暴风雨中爆炸了。

爆炸是一门艺术，他想。蚂蚁还没能掌握它。

他叹了一口气，决定在墙上挂一块牌子，牌子上写着：爆炸请适度。

"可怜的蚂蚁。"他说。可是，话刚说出口，他就后悔了。万一蚂蚁又变回了蚂蚁，听到他刚才说的话，他说不定又会立即生起气来，然后又一次爆炸。

"不要那么……那么……"他皱起眉头，怎么也找不出一个恰当的词语，于是，他怒火中烧，爆炸了。

这只是一次轻微的爆炸。他裂成两三块，散落在地上，没有飞出多远。

唯独他的鼻子被卡在了椴树上。他重新拼凑了起来，却怎么也够不到他的鼻子。

他闷闷不乐地坐在地上，十分羞愧。他希望世界上有什么东西可以抑制爆炸。毕竟，爆炸的后果不容小觑。

"这么看来，蚂蚁并没有离开！"他一边喊，一边蹦了起来，满脸通红。可是，他很快就重新坐了下来，小心翼翼地触碰着原本长着鼻子的地方。

34

当夜莺听说蚂蚁离开了的时候,他唱起歌来。

在夜莺高声歌唱的灌木丛旁,风静止了,所有动物要么踮着脚尖偷偷靠近,要么无声无息地把脑袋露出河面。

谁也没有看见他,可是,所有人都听见了他的声音。他们屏气凝神地聆听着。

夜晚伊始,天色渐渐暗了下来。月亮升起,似乎就连它也在聆听,它爬上高高的树梢,只为更好地倾听夜莺的歌声。

突然,周围传来一阵窸窸窣窣的声响。

是蚂蚁,动物们想,一定是他!

窸窸窣窣的声音更响了,也更近了。

他就快回来了……他们想。他们感觉到心脏扑通、扑通直跳,满心希望不被别人听见。

就在这个时候,夜莺的歌唱完了。

"蚂蚁回来了!蚂蚁回来了!"动物们窃窃私语。

可是,窸窸窣窣的声音也停止了,每个人听到的窸窣声都来自不同的地方:矮矮的地面、高高的树上,又或是月亮映射下波光粼粼的水里。

他们寻找,他们呼喊,可是,他们没有找到蚂蚁。

"唱得更美妙些,夜莺。"他们恳求道。

夜莺唱得越发美妙,窸窸窣窣的声音更响了,也更近了。

可是,蚂蚁还是没有露面。

夜莺想:我一定要唱得更美妙一些才行。

可是,他也知道,世界上总有更美妙的歌声,以及最美妙的歌声。而那样的歌声,他可唱不出来。

黑夜即将过去,森林另一头的天空变得红彤彤的。夜莺说:"我唱不动了。"他把脑袋埋进羽毛里,沉沉地睡去。

动物们纷纷回家了。

一点儿区别也没有,他们想。

至于一点儿是多少,他们也不知道。

这天早晨,他们都睡着了。

森林里静悄悄的,就连小河也水平如镜,映射着天空和天空中小小的、洁白的云朵。

35

"我觉得,"毛毛虫说,"他没有离开,只是变成了别的东西。"

"你什么意思?"坐在他身旁的熊蜂问。

"变成了很不一样的东西,"毛毛虫说,"我该怎么说呢。"

"变成石头了?"熊蜂问,"你是不是觉得他变成了一块石头?"

"变得非常不一样了,"毛毛虫说,"变成了一种我们看不出来的东西。"

他思索了一会儿,与此同时,熊蜂却坐着嗡嗡直叫,怎么也想象不出来蚂蚁怎么能不再是蚂蚁,或者他是怎么变成别人看不出来的东西的。

"也许，他变成了一种还没问世的东西。"毛毛虫说。

这些话语如同谜一般，熊蜂瞪大眼睛看着他。

"比方说某种夏天之后、秋天之前出现的东西，"毛毛虫说，"之类的。"

那是一些繁复的想法。

"从今往后，就成了：冬天、春天、夏天、蚂蚁、秋天、冬天……"他说，"或者是：白天、黑夜、蚂蚁、白天、黑夜、蚂蚁、白天……只不过，他不是黎明也不是黄昏，而是一个全新的东西，一个从没有人想到过的东西。又或者，会是：一、二、三、蚂蚁、四、五……"

"蚂蚁罐蜂蜜比三罐蜂蜜更多，却比四罐蜂蜜更少，"熊蜂谨慎地说，"你说的是这个意思吗？"

"是的。"毛毛虫说。

"可是，它们仍旧是整罐的蜂蜜。"

"是的。全新的整罐蜂蜜。装得满满当当的。说不定，他明天会冉冉升起，升到太阳旁边，但是比太阳更大、更热。"毛毛虫。

想到这里，他不禁倒吸了一口凉气。

"或者，他会变得粉碎，四分五裂地从天空中落下来。只不过，他不是雨水。"熊蜂说。

"或者，他排在后来后面：从前、现在、然后、后来、蚂蚁。或者，他比全部还要多，"毛毛虫说，"没有、微量、少量、更多、很多、超多、全部、蚂蚁。"

听到这里，熊蜂陷入了思考。有时候，想法超出了他的认知范围，他不知道那些想法在哪里、在做什么。

"是啊，"他说道，"也许吧。一切皆有可能。这么说来，他也就是我们。"

毛毛虫点点头。

他们打了一个冷战，不说话了。他们的想法实在是纷繁复杂。

天黑了。

"不管怎么说，他已经离开了。"毛毛虫说。

"是的。"熊蜂说。

于是，他们彼此道别。熊蜂飞走了，毛毛虫又咬了一口橡树叶。

36

我应该早点邀请蚂蚁来做客的……贻贝想。只邀请他一个。

他觉得，他原本应当给蚂蚁写一张字条的。身为贻贝的他要办一场有史以来最孤独的派对，只为蚂蚁一人举办，这样一来，蚂蚁就能告诉所有人自己是唯一受邀的客人了。

在这场派对上，蚂蚁不需要完全进来。只要进来一只脚就够了。他也不需要带任何礼物。贻贝没有准备蛋糕或者其他东西。要不然，这场派对就显得太孤独了。

他们也不需要对彼此说任何话，只需要在对方不小心开口的时候"嘘"一下就可以。

夜幕降临前，身为贻贝，他会非常小声地说："你不要离开，蚂蚁。我不喜欢离开。"

蚂蚁会惊讶地抬起头看着他，并且再也不离开。

贻贝思考了一会儿。

他又想：或许，我应该说，我最近会办一场更孤独的派对，同样是为他一个人举办的。那会是一场几近不堪忍受的派对。

那场派对开完后，随之而来的是一场越发孤独的派对。

无论某个东西多么孤独，世界上总会有比它更孤独的东西，他想。

他在大海边岩石后面的一片池塘里来回浮动。

或许，我还是应该邀请他……他想。他动手写起一张字条：

亲爱的蚂蚁：
　　欢迎你来到世界上
　　最孤独的派对。
　　就在此刻。

　　　　　　　　　　　　贻贝

他把字条抛到空中。字条被风吹走了，越过大海，朝着远方飞去。

贻贝等待着。

他不时地望向外面。

没有任何人前来。

"此刻"还没有结束,他想。

他思考了一下"此刻"和"永不"之间的区别。他不知道区别在哪里。

这时,他又想起了蚂蚁,想起了他的派对——这场派对应该已经开始了,而蚂蚁的缺席仿佛令这场派对比他想象的更加孤独了。

37

跳羚有一本小小的书,书里阐释了当某个人离开时,你该怎么办。

当他听说蚂蚁离开了的时候,他从书架上取下这本书,朗读了起来。

"第一章,"他读道,"不要相信。"

他点点头,走进森林,每遇见一个动物就告诉对方:"我不相信蚂蚁离开了。"

"你为什么不相信呢?"动物们问。

"我没法相信。"跳羚说。书里没有解释为什么不要相信。

他爬上一棵树,双手放在嘴巴旁边,朝着四面八方喊了一阵子:"我才不相信蚂蚁离开了呢!"然后,便回家了。

回到家里,他捧起那本书,翻过第一页,读道:"第二章,要相信。"

哎呀,他想。他匆匆忙忙地跑回森林。

"我相信蚂蚁离开了!"每遇见一个动物,他就这样告诉对方。

"我们也相信。"每个人都这样回答。

"但是,只有我确定我很相信。"跳羚说。

动物们沉默不语。跳羚又回家了。

他继续读书。

"第三章,吃点东西。"他读道。

跳羚摩拳擦掌。他早就饿了。他重新读了一遍这个章节,点点头,烤了一个点缀着矢车菊的三叶草蛋糕。这章真奇妙,他一边想,一边把蛋糕吃了个精光。

吃完蛋糕,他很想去睡觉。可就在这个时候,他改了主意,重新捧起那本书。

"第四章,"他读道,"撕烂衣服。揪掉可替换的身体部位。"

这样啊,他想。这倒是跟睡觉不太一样。

他脱掉外套,把它撕得粉碎。他不确定角是不是可替换的,不过,他还是把它们从脑袋上揪了下来。

"哎哟。"他说。尽管书上没有写,可他还是发出了轻微的呻吟。

片刻过后,他顶着通红而又痛得扭曲的脸,继续读书:"第五章,不停地发牢骚,直到嗓子沙哑或是忘记了发牢骚的理由。"

他思考了一会儿。我该怎么做呢……他想。他不知道哪个会先来:是嗓子沙哑还是忘记了发牢骚的理由。

那就两个都做吧,他想。他喜欢万无一失。

他发起牢骚来。

他的牢骚声太大了,森林里的每个人都听见了,并且暗自一同发起牢骚来。毕竟,每个人都知道,跳羚是为了蚂蚁而发的牢骚。

夜深了,跳羚已经忘记自己发牢骚的理由了。他继续发了很久的牢骚。终于,他的嗓子也沙哑了,他停了下来。

他捧起书,继续读。"第六章,去睡觉。"

这是最后一章。

跳羚叹了一口气。他很想再吃点东西。

他爬到床上,紧闭双眼。

眼看着就要进入梦乡了,他却突然感到十分伤心。尽管书上没有写,他还是十分伤心,为蚂蚁的离开伤心。

38

太糟糕了,鲸想。

他游走在大海深处,一边朝天空喷出水柱,一边冥思苦想:这件事的糟糕程度堪比海水的离开。

他常常想到包围着他的海水,他喜欢海水。有时候,他也会柔声细语,以免别人听到:"你好,海水。"他坚信,他听见海水柔声细语地呢喃:"你好,鲸。"

他缓缓地向前游去,把水吹得高高的,在心里想:不对,情况更糟糕,毕竟,我完全可以想象得出世界没有海水的模样。他打了一个冷战:至于蚂蚁的离开,我实在无法想象。

在他看来,所有无法想象的东西都比想象得出的东西更糟糕。

他继续向前游。

他不时会遇见其他动物：鲨鱼、鳐鱼、海狮、鳕鱼。

他们都听说了。

当他们从鲸身旁游过时，他们没有说"你好，鲸"，而是说"蚂蚁离开了"。

"我无法想象。"鲸说。

"我也无法想象。"对方说。

"是的。"

然后，他们继续向前游去。

太阳照耀海面。在高高的天空中，信天翁听见了他们的对话。他摇摇头，同样觉得无法想象。

鲸朝着大海边缘的海湾游去，在海湾里不住地游走。

他想到了蚂蚁，但是，他也想到了可能在瞬间消失的海水。

这也很糟糕啊……他觉得。

他想象自己躺在海底。周围一滴水也没有，太阳径直照射着大地。

从距离他很远的地方，传来鼠海豚、鲽鱼、一角鲸和海马的呻吟。

那是一种十分可怕的声音。

在他的想象中，他们正在经历一种他隐隐约约听说过的状况：窒息。

他努力想舔一舔嘴唇,可是,他的嘴干得直冒烟,几乎无法张开。

"鼠海豚……鲽鱼……一角鲸……海马……"他发出微弱的声音。

"是你吗,海水?"他们用几近干涸的嗓音回应。

不是的,他想。可是,他没有说出口。

呻吟声逐渐变弱,直至消失殆尽。

太阳越发炙热地照耀大地,早已干涸的一切变得越发干涸。

鲸在心里想:但是,蚂蚁的离开比这更糟糕。这一点,他很肯定。

39

"什么？离开？是我把他蛀跑了？"当木虫听到外面有人喊着蚂蚁离开了的时候，他忙不迭地问。

"关我什么事？"他喊道。

周围鸦雀无声。

"没什么事，"一个声音传来，"我觉得没什么事。"

"喀，"木虫说，"他为什么要离开呢？"

周围又一次鸦雀无声。

"没有人回答我吗？"过了一会儿，他又喊道。

没有任何人回答他。

"离开，离开……"他喃喃地说，"蛀！就是这么一回事！通道！"

他用尽全力地蛀，全力以赴地向前蛀。

我觉得，我现在有点义愤填膺了。他想。

他冒冒失失地往前蛀，径直穿过椴树的树皮，一头扎进鳃角金龟的屋子里。鳃角金龟正和水鼾一起坐着喝茶，恰好聊到了蚂蚁的离开。

这下，离开的就是我了……木虫想。他的脑袋倒挂在半空中。

"哈喽，"鳃角金龟说，"我的茶。"他的杯子在木虫飞进来的时候被撞倒在地。

"什么哈喽？"木虫说。他皱起眉头，环顾四周，"您在这里做什么？"

"我们在喝茶。"鳃角金龟说。

"您为什么不蛀东西呢？"木虫问。

"我们从来不蛀东西。"鳃角金龟的回答带着几分不确信。

"正是如此。"木虫说。他翻转身体，俯视着下方。他看见自己正站在一张用厚厚的橡木做成的桌子上。

"哟呵。"说着，他立刻蛀起了桌子。

"这是我的桌子……！"鳃角金龟喊道。

离开、哈喽、喝茶、我的桌子、从来不蛀东西……木虫一边蛀一边想。这就难怪我会义愤填膺了。

他以飞快的速度蛀穿了鳃角金龟的桌子，随后又蛀穿了他的地板，然后消失在椴树里。

水鼾说："行了，我该走了。"

110

"好的。"鳃角金龟说。他的眼睛里饱含热泪。他轻轻地靠在被蛀穿了的桌子上,桌子发出嘎吱嘎吱的响声,四分五裂地散落在地。

他们彼此道别。

与此同时,木虫正坚定不移地在椴树里越蛀越深。他心想:蛀离开,蛀喝茶,蛀哈喽。如果他们谈论的是这些就好了!他们却偏偏谈论着蚂蚁……仿佛离开比蛀东西更重要似的……

突然,他的脑海中闪过一个念头。他想:如果所有的木头都离开了,再也没有东西可以蛀,那该怎么办呢?是啊,那该怎么办呢?

他瑟瑟发抖,然后放肆地继续蛀。蛀东西,他想,不要思考。

40

当蟑螂听说蚂蚁离开时,他正在家里。他坐在床底下的角落里,坐在无尽的尘埃里。

他想:我明白的,我知道那种感觉。

那是他唯一知道的感觉——不得不离开。此时此刻,我不得不离开!

每当这种感觉在他心底里冉冉升起时,任何事情都无法阻挡他:墙壁、黑暗、冰雹……只不过,他总是得先喝一杯茶才行。

他呷了一口茶,那种感觉便消失殆尽了。他待在家里,什么感觉都没有。

蟑螂还记得,他向屋外迈出过一个步子。

他把自己埋进床下尘埃的更深处。

有人敲门。

"是谁?"他问。

没有任何回应。

"您是不是同情我的人?"他问。

依然没有任何回应。

"您就实话实说吧!"他喊道。

他竖起耳朵倾听,可是等来的仍然是一番寂静。一定是我脑海里的人,他不无酸楚地想。

他挠了挠背,挠了挠肚子,又挠了挠膝弯。

我可太难了……他想。

他从床底下钻了出来。

我很理解蚂蚁……他又一次想到。他深吸一口气,想冲出门去,径直冲向很远的地方,永远离开这里。时不我待。

不过,他还是得先喝一杯茶才行——今天的第十杯茶。

41

龙虾有一本书,书里记载了一切不存在的事物。这本书很厚,龙虾常常捧着它埋头苦读。他读到了袋虱和恐瘦,也读到了怪物和无可灭绝的力量。每每读到这些,他总是摇着头,喃喃自语:"我从来不知道这些事物的存在。"

有一天,他听说蚂蚁离开了。谁也不知道他去了哪里,谁也不知道他还会不会回来。

当天晚上,龙虾捧起书,翻阅了起来。他读到了很多从没听说过的事物,他从来不知道它们的存在:假象能力、推测失调、盐鼠……

突然,他在某一页上看见了一张蚂蚁的图像。图像底部写着"蚂蚁"。

龙虾看着那张图像，瞪大了双眼。这样啊……他想。他从来没见过这张图像。

他确信自己认识蚂蚁，频繁地跟他说过话，甚至还跟他一起跳过一次舞，跳到蚂蚁因为他掐了自己的腰而大喊了一声"哎哟"。

可是，据这本书所说，蚂蚁从来没有存在过。

龙虾匆匆忙忙地跑进森林里。

动物们正围坐在大树之间的空地上。他们静悄悄地揣测着蚂蚁可能去了哪里。这也是他们唯一想揣测的事情。

"蚂蚁不存在！"龙虾跑到他们跟前，喘着粗气说道。

动物们瞪大眼睛看着龙虾。他们都近距离地认识过蚂蚁，还经常问他一些复杂的问题，他也总是能给出答案。

"看看吧。"龙虾说。他把书摊在他们面前，一边解释书上的内容，一边把书翻到了"蚂蚁"那一页。

动物们搭着彼此的肩膀，有的踮起脚尖，有的弯下腰，所有人都看着蚂蚁的图像。

"这就是他。"他们说。

"瞧见了吧？"龙虾说。骄傲的感觉从他的心底油然而生，他合上了书本。

好一会儿，大家都默不作声。

突然，有人问道："那么我们呢？"

"我不知道,"龙虾说,"反正我是存在的。"

他还从来没在书里看见过自己。尽管他觉得在某个地方露露脸也是一件很有意思的事,可他也无法相信自己会出现在这本书里。

月亮消失在云朵后面。动物们觉得周围凉飕飕的。

他们站起身,纷纷回家。如今,他们发现蚂蚁不仅离开了他们,甚至从来没有存在过,这让他们的伤心程度又加深了几分。

龙虾独自留在森林中央。他继续翻阅着书,见到了数不胜数的东西和动物,它们一个赛一个漂亮,却从没存在过,也许也永远不会存在于这个世界上。他既热烘烘的,又凉飕飕的。他很担心会突然在书里看见自己的形象。

42

白鼬穿上最美丽的外套,走出屋外。他锁上身后的门,在门上钉了一张字条:

> 我也离开了。
>
> 白鼬

天色尚早,天空中还是漆黑一片。没有任何人听见他的声音,没有任何人看见他。

他走到离家不远的地方,躲进一片灌木丛,静静地等待。他知道,这一天,甲虫会来他家做客。

临近晌午,他看见树影攒动,甲虫来了。

不一会儿,他听见一阵呼喊:"白鼬!"

"在呢。"白鼬回答道。

"你在哪儿?"

"离开了。你看见我的字条了吗?"

"看见了。"

白鼬倒吸一口气,说道:"我被写走了。"

"噢。"甲虫说。

他们沉默了一会儿。他俩都不知道该说些什么了。

"你在那里做什么?"甲虫问道。

白鼬思考了一会儿。他在心里想:我到底在这里做什么?接着,他又突然想到了。"驾驭。"他说。

他们又沉默了一会儿。

"我该走了。"甲虫说。

"等一下!"白鼬喊道。他从灌木丛里钻了出来,匆匆忙忙朝家跑去。衣摆在他身后随风摇摆。

"我在家噢,"当他跑到门口时,他说,"你好,甲虫。"

"你好,白鼬。"甲虫说。

片刻过后,他们一起喝着茶。

"说到驾驭……"甲虫一边问,一边在椅子上来回挪动,"我想说的是,你到底是怎么驾驭的?"

白鼬思考了所有可能的驾驭方式。他有一本厚厚的书,书里讲了关于驾驭的事。可是,他此刻没法翻阅那本书。

"长长久久,"他说,"长长久久,幸福快乐。"他知道大家常常这样驾驭。

接着,他们聊到了蚂蚁。

白鼬很想知道蚂蚁是怎么离开的。

"我不知道。"甲虫说。

"他是蹒跚着离开的吗?"白鼬问。

甲虫耸了耸肩膀。

"那就太糟糕了。"白鼬说。

甲虫沉默不语。

我很希望知道这个问题的答案……白鼬想。也许,蚂蚁是溜达着离开的。那就更糟糕了。想到这里,他不禁瑟瑟发抖。

他们又喝了一杯茶,随后,甲虫便回家了。

屋子里只剩下白鼬。他锁上门,在房间里踱起步来。他从桌子边走到窗户前,然后又走回来。突然,他想:不对,我知道了,他不是踱着步离开的,而是火速离开的。在他的脑海中,他看见蚂蚁火速地穿过闪闪发光的大地、天鹅绒般的沙漠和金光灿烂的山谷。他的心里充满了敬畏。

他坐下来,决定冥思一下自己。

43

有一天,蜗牛和乌龟开启了一段关于"这里"和"现在"的长谈。这段对话进行得小心翼翼。

"现在"尤其令他们感到不自在:它总是趋于变成过去,它常常受到"马上"和"稍后"的威胁,它没羞没臊地与"一下"和"总归"打趣。

"我们对此无能为力,乌龟。"蜗牛说。

乌龟点点头。

"'现在'从我们的指间溜走。"蜗牛说。在他看来,这是一个美好的想法。他还想历数其他从他们指间溜走的东西:严肃、亲密、沉默……

就在这个时候,他们听见灰鹤在高空中喊叫着蚂蚁离开了。"不久之前!"他喊道,"不久之前!"

蜗牛和乌龟不知道自己应该如何反应。不久之前……他们想。真匆忙啊!

随之而来的是长时间的沉默。终于,蜗牛说:"听着,乌龟,我来给你讲一讲离开包括了什么。"

"好的。"乌龟说。

蜗牛清了清嗓子,说道:"当你离开的时候,你就离开了。这个,你已经知道了。"

乌龟点点头。

"如果你好好离开,"蜗牛继续说,"你会缓缓地离开。这个,你也已经知道了。"

"是的。"乌龟说。

"如果你更好地离开,你就会更缓慢地离开。"

"是的。"

"如果你还要更好地离开,你就会静止不动。"

乌龟思考了片刻,点了点头。

"可是,如果,"蜗牛说,"你静止不动了,还要越发好地离开,那该怎么做呢?"他看着乌龟。

乌龟觉得心怦怦直跳。他不知道应该怎么回答蜗牛的问题。

"那么你就会消失。"蜗牛说。他来回挥舞触角,说话时神采飞扬。也许,就连他说话的速度都比他预想的快了几分。

乌龟一句话也没有说。他恨不得消失在龟壳里或者转过身去。可是,他知道不能那样做。

蜗牛的触角不动了。"这是我最深切的希望，乌龟。消失。离开得比静止不动更缓慢。"

他希望能有一滴泪珠顺着他的脸颊滑落。可是，那一瞬间，他的眼睛里没有储存任何泪珠。"蚂蚁抢在我们前头了。"他说。

他们一言不发地站在一起，沉默了很久很久。

终于，蜗牛说："可是，我们的时机会来的。"他很想一边说，一边迈出一个舞步。但是，他并没有动弹。

乌龟沉默不语。他觉得他们的时机永远也不会来。他也无法想象它该怎么来。

可是，他没有把这些话说出口。

44

"那肯定是因为这里的一切对他来说太光明了。"鼹鼠说。

"不是的,不是的,"蚯蚓说,"对他来说,这里的一切都太黑暗了。"

他们一同坐在地底下,躲在最黑暗的角落里,谈论着蚂蚁。

"他去的那个地方一定非常黑暗,"鼹鼠说,"比这里还黑暗得多。"

"才不是呢,"蚯蚓说,"你怎么会这样想呢?那里一定非常光明。那里一定充满了地狱般的亮光。"

"你怎么知道?"

"你又怎么知道?"

他们相互试探，咆哮着，蹦着跳着，以最阴暗的目光彼此注视，用泥泞的脑袋彼此冲撞。

"哎哟！"他们喊道。他们满眼都是小星星。

他们往后退了几步，试图尽快忘掉那些小星星。

"我们再也不要冲撞了，鼹鼠。"蚯蚓说。

"好的，蚯蚓。"鼹鼠说。

他们钻到更深的地底，吃着蚯蚓很久以前藏起来的一块泥淖蛋糕。

"其实，"鼹鼠说，"蚂蚁应该有权决定自己想去哪里。"

"他应该有权决定自己喜欢什么，"蚯蚓说，"在我看来，应该是太阳。"

他们瑟瑟发抖。

他们喜欢发抖，喜欢给彼此讲关于令他们瑟瑟发抖的狡黠和亮光的故事。

"如果我离开，"鼹鼠说，"我就会去一个十分黑暗的地方，黑暗得我再也感受不到心脏的怦怦跳。"

蚯蚓点点头。"我会去黑暗本身的居所。"他说。他讲述起黑暗拥有的漆黑的宫殿，宫殿里的壁龛、地窖、地下隧道和黑夜，"就连最不起眼的火星散发出来的光芒，他也会亲自熄灭。"他叹了一口气，他从心底里深切又暗黑地向往那个地方。

他们就这样坐着。每当他们想起蚂蚁的时候，他们就会摇摇头，在心里想：你有权自行决定，蚂蚁。

他们希望下一个离开的是太阳,然后是白天,接着是世界上的最后一束亮光。

他们欢喜得瑟瑟发抖,鼹鼠想起自己在更深的地底下还藏了一块黑色的蛋糕。

第二篇

1

蚂蚁永远地离开森林后,他大步流星地向前走去,走出一条笔直的路线。

每当他遇到障碍物,他不会绕着走,而是径直踩过去。

有时候,他听见脑袋里传来嗡嗡的声音。

他想:那是什么?它在我脑袋里做什么?它是从哪里来的?

他来到大草原上。天空乌黑乌黑的,地平线在遥远的地方,笔直笔直的。

要下雨了,他想。

"天不会下雨。"他说。他愣住了,一动不动。他想:我为什么会这样说?我明明觉得天要下雨了,却说天不会下雨。

他脑袋里的嗡嗡声更响了。

天空中下起雨来。

"天没有下雨!"他喊道。

他脚下走着,心里想着天在下雨,嘴上喊着天不会下雨,心里想着他很想回家,很想回到森林,很想朝着松鼠大喊:"松鼠!松鼠!"可是,他嘴里喊着:"我想去远方!"

穿过大草原,他来到沙漠,笔直地向前走,一直来到一块高耸在沙漠之上的岩石跟前。

他开始攀爬这块岩石。

每一次,他都从岩石上滑下来,掉在地上,然后重新开始。

天很热,这块岩石仿佛不断地把他往下推。

"难道你不愿意让我爬到你身上吗,岩石?"他问。

终于,他爬到了岩石的顶上。

他用尽最后的力气直起身子,望向远方。"就是它,"他自言自语,"那就是我要去的地方。"

然后,他小心翼翼地沿着岩石的侧面滑下来,落到地上。

他想……现在,我得先睡一觉。

远方出现月亮的影子。沙漠里一片寂静。一粒沙都没有动。

2

天空中一片漆黑。

蚂蚁躺在硬邦邦的地上,怎么也睡不着。

小小的想法们仿佛在他的脑海里咯咯作笑,让他睡不着。

他想:它们抓走了我的困意。

"把我的困意还给我!"他喊道。他想睡觉。要是我能睡着就好了……快让我睡过去吧……

可是,那些想法嘻嘻哈哈,笑作一团,把他的困意丢来丢去。

"接住!"它们调皮地喊道。

"给我!"蚂蚁喊道。

它们把困意从他身旁和他的头顶上空抛过。每每在他眼看着就要碰到的时候,它就会飞得更高或者更远一些。

每抛一次,它就会落下一些碎屑。

他的困意变得越来越小、越来越小。

终于,困意被丢得一点儿也不剩了。

小小的想法们吹着口哨飞走了,它们的身影消失在大想法们所在的深处。蚂蚁还从来没有想到过那些大想法。

他坐在沙漠中央硬邦邦的地上,丝毫没有困意。

他想:这下,我再也睡不着了。他望着天空中又大又圆的月亮,月亮朝他露出甜美的微笑。

在他的脑海中,一扇门吱嘎作响。有人走了,又有人来了。至于它们是谁,蚂蚁也不知道。

在他的脑海中,有些东西被撕裂、被粉碎、被踩踏。可是,它们是什么?

天又冷又黑。有人扒住他想法的边缘,最大程度地探出身子,凝望着脚下的深渊,再往前探一点,发出呐喊。

3

"蚂蚁!蚂蚁!"

一个声音从远方传来。

蚂蚁猛地坐起身,竖起耳朵。

他听不出那是谁的声音。

那不是松鼠的声音。松鼠的声音更好听,如同银铃一般,不由得让人想起清晨的阳光。

那也不是大象的声音。再说,大象为什么要喊他呢?

"在呢。"蚂蚁回应道。

周围鸦雀无声。

蚂蚁踮起脚尖,可是周围一个人影也没有。

"您为什么喊我?"他喊道。

"我想知道你还在不在。"声音说。

周围再次鸦雀无声。

黄昏将至,太阳晒得沙漠火辣辣的,豆大的汗珠从蚂蚁的额头渗出,落在炙热的沙子上。沙漠在燃烧,他想。

过了一会儿,蚂蚁已经忘记了那个声音。喊叫声太多了,他想。

可是,就在这个时候,那个声音又一次喊道:"你还在吗?"

"在呢,"蚂蚁回应道,"我还在。您是谁?"

没有人回答。

太阳落向地平线,自身的炎热令它看起来火红火红的。

过了好一会儿,那个声音又一次喊道:"现在呢?"

"在。"蚂蚁喊道。

这时,他听见远处传来一个酷似清嗓子的响动。那个声音说道:"别的我都相信。"

"您相信别的什么?"蚂蚁喊道。

可是,那个声音不说话了。

有什么东西落了下来,掉在离蚂蚁不远的地方。他朝那个东西蹦过去。可是,当他靠近后,他才发现那里什么都没有,顶多就是一粒沙子,落在其他不计其数的沙子之中,令人无法辨别。这些沙子已经在这里躺了很久了,也许,它们也是曾经在某段对话结束时从天上落下来的。只不过,他不知道。

4

夜深了。

蚂蚁仰面朝天地躺在岩石旁,想着一切重要的事情。

蜂蜜,他想,蜂蜜十分重要。

他紧紧闭着眼睛,小心翼翼地舔了舔嘴唇。是椴树蜂蜜,他想,不对,是柳树蜂蜜。

他再次睁开眼睛,望着天空中一闪一闪的星星。

可是,他想,蜂蜜会是世界上最重要的东西吗?他摇了摇头。说到重要,蜂蜜可排不上第一位。

他叹了一口气,翻了个身,重新闭上眼睛,缩成一团。他觉得有点冷。

他想:什么东西才是第一位的呢?他想到夏天,

可是,夏天排不上第一位。秋天也不行。冬天就更不用提了。他想到小河,可是小河排不上第一位。波光粼粼的浪花也不行,柳树、柳树下的青草和拍打在岸边的浪花同样不行。

那么松鼠呢?他想到了松鼠,想到了他在山毛榉树上的家,想到了横在他家门口的树枝,想到了他的桌子。他看见松鼠在森林里行走,听见他的呼唤,看见他在奔跑、上气不接下气、停下脚步、环顾四周。可是,就连松鼠也排不上第一位。

忽然,他想——远方。它是排在第一位的。我要去那里。它在等我。

然而,经过长时间的思考,他发现,就连远方也排不上第一位。

他思考的时间越长,就越想不出任何排得上第一位的东西。第一的位置上空荡荡的,堪比一场没有寿星的生日派对。蚂蚁一夜无眠。

他辗转反侧,深深地叹了十口气。

忽然,他想:那么我呢?

他摇了摇头。我排不上第一位。我不参与排名。

他重新仰面朝天地躺着。

我为什么不参与排名呢?

他陷入了深深的思考。

也许,我不够诚实……他想到。只有诚实的事物才能参与排名。

清风拂过,他周围的沙子发出微微的响动。

可是,我怎么才能变诚实呢?到底什么才是诚实呢?诚实真的存在吗?真正的诚实?

想着想着,他睡着了,就在广袤、空洞的沙漠里。

5

第二天清晨,太阳还没有出来,蚂蚁就早早地醒了。他想:为什么我不是一粒沙子,而是蚂蚁呢?世界上有不计其数的沙子,却只有一只蚂蚁。这绝对不是巧合。

他站起身,爬上一块石头,喊道:"我为什么成了蚂蚁?"

他等了一会儿。没有任何回应。

当然不会有回应了,他想。该有什么样的回应呢?该由谁来回应呢?

周围只有沙子,数不胜数的沙子。它们无法知道为什么它们是沙子而我是蚂蚁。况且,就算知道,它们也无法开口说。

他仰面朝天地躺着,望着天上的星星。

他想:为什么我不是一颗星星呢?世界上也有不计其数的星星,却只有一只蚂蚁。为什么我不是黑暗或者空气呢?它们无处不在,我却只能在这里。

为什么我很伤心,世界上却再没有其他伤心的事物?从来就没有伤心的沙子、伤心的星星、伤心的空气。

为什么每个人都知道自己为什么是现在的模样,唯独我不知道?

为什么我睡不着?为什么每个人都在睡觉,唯独我睡不着?

他起身喊道:"烦请解释一下!"

可是,没有任何回应,更没有任何解释。

他用脑袋撞向地面。就算有解释,也没有任何人会告诉他,他需要自己思考。他翻了个身,侧身躺着,望着眼前的沙子。似乎每一粒沙子都散发着满意的光芒。

6

这一天,当他继续向前走的时候,他遇见了白蚁。那是在沙漠的深处。

"你好,白蚁,"他说,"我正走在去远方的路上。"

白蚁停下脚步,仔仔细细地打量了他一番,然后摇了摇头。"如果你想去远方,"他说,"你就得改变。"

"改变?"蚂蚁问。

"是的,"白蚁说,"变成不同于现在的模样。"

"为什么?"蚂蚁问,"难道我很不行吗?"

白蚁耸了耸肩膀。

"我该变成什么样呢?"蚂蚁问。

"无所谓,变得完全不同,只要不是蚂蚁就行。"

蚂蚁思考了一会儿。不是蚂蚁,他怎么才能变得不是蚂蚁呢？可是，他的确很想去远方。

"我可以的。"他说。

"快变吧。"白蚁说。

蚂蚁努力改变，可是，什么都没有发生。

他想：也许，我只有在独自一人的时候才能改变。他试图想象白蚁不存在，想象他自己正只身一人在沙漠里游荡。可是，他没有改变。于是，他试图想一些别的事情，一些怪异的事情，一些他从没想过的事情，一些可怕的事情，一些他能想到的最可怕的事情。可是，他依然没有改变。

一段时间过后，他放弃尝试。

"我早就猜到了，"白蚁说，"你没法改变，但我可以。"

他一一列举自己能变成的模样：一块石头、一片云朵、一场沙尘暴、一片绿洲。

蚂蚁瑟瑟发抖。他想：为什么我一直都是蚂蚁呢？他望着白蚁。白蚁深深地吸了一口气，瞬间变成一粒沙子，融入沙漠中不计其数的沙子之间。

沙漠里十分安静，也十分炎热。

"白蚁！白蚁！"蚂蚁喊道。

忽然，所有的沙子都变成了白蚁，足足有几千万。他们一边横冲直撞，一边吱吱叫道："瞧见了吧？瞧见了吧？"

一阵风吹来，白蚁风暴席卷沙漠，天空暗淡下来。所有白蚁都被吹走了。

蚂蚁独自留在原地。他躺在乌黑的石头地上。

他阴郁地想：我可真是至死不变啊。

他很想大吼大叫，可是，他没有大吼大叫。他想：如果我此刻大吼大叫，就会发生可怕的事情。只不过，他不知道是什么事情。也许，我会永远大吼大叫。

7

在离他不远的地方,从岩石旁边,从沙漠中央,传来了一阵嘈杂声。

蚂蚁竖起耳朵。风沙四起,他闻见蛋糕的香味,他听见一阵酷似派对上纵饮狂欢的声音。可是,他没有看见任何人。

包裹着彩带和蝴蝶结的东西从四面八方飞来,天空中出现了插着蜡烛的蛋糕,蜡烛熊熊燃烧,奶油从四面八方滴落下来。

蚂蚁瞪大眼睛看着这一切。这下,他突然明白发生了什么。

一场生日派对正在自行庆祝。

既然没有人,那就肯定是这么一回事了,他想。

礼物们彼此赠送，彼此拆开，彼此摞起来。

蛋糕把自己吃了个精光，还有跳舞和唱歌的，只不过，跳舞唱歌的不是人。

这是一场快乐的生日派对，蚂蚁想。他皱起眉头。不过，没有寿星，总归算不上非常快乐，他想。

派对上纵饮狂欢的声音越来越响，偶尔还会传来"哈喽！"和"哟吼！"一类的尖叫声。

夜半时分，天空变成红绿相间的色彩。是烟花，蚂蚁想。它把自己点燃了。蚂蚁踮起脚尖。说不定，这是我的生日派对……他想。说不定，它一直在找我，可怎么也找不到，最后实在没有办法了，只能自行庆祝。

不过，他没有把这些话说出口，毕竟，周围一个人也没有，一个能为他庆祝生日的人也没有。

清晨即将来临，周围静悄悄的。时不时能听见一声叹息。

终于，沙漠恢复了往日的宁静和荒凉。

蚂蚁把头枕在石头上，进入了梦乡。与此同时，清晨的第一缕阳光正沿着他的腿悄悄地向上爬。

8

第二天,他在沙漠深处见到了大象。大象离他很远,在临近地平线的远方。

蚂蚁爬到一块石头上喊了起来:"大象!"

大象抬起头,回应道:"蚂蚁!"

"你在那里做什么?"蚂蚁问。

大象似乎思考了片刻,然后说道:"驶离。"

"驶离?那要怎么做呢?"

"我也不知道。我在一艘船上。"

"可是,这里根本没有水啊!"

"是的。"

他们沉默了一会儿。

"我已经放弃攀爬了。"大象说。他的嗓音有点沙哑。

"那你还剩什么？"蚂蚁问。

大象叹了一口气。"活着。"他说。

他们沉默了好一会儿。大象倚靠着小船的桅杆。

"你要驶去哪里？"蚂蚁问。

"去远方。"大象说。他说他很多次从树顶看到过远方，可是，他从来没去过那里。如今，他很想近距离地看一看远方。

"我可以和你一起去吗？"蚂蚁大声喊道。他一蹦三尺高。

"好的。"

蚂蚁奔跑起来，他用尽全力朝着大象的方向跑去。可是，他和大象之间的距离并没有缩短。

"大象！"他喊道。

"在呢。"

"等一下！"

"我很想等，可是我必须启航了。"

"你不能停靠一下吗？"

"不能。"

蚂蚁更加奋力地奔跑，可是，大象越漂越远了。

"我就快到了。"蚂蚁听见他的呼喊。

蚂蚁跑不动了，扑倒在炽热的沙子里。

他抬起头的时候，一个人影也看不见。

"大象！"他喊道。可是，他没有力气大声呼喊。

大象没有回应他。

蚂蚁叹了一口气。他依然身处沙漠深处,正午的阳光依然热烈。

9

一天早晨,一封信悠然飘落,落在蚂蚁脚边。
他拾起信,读道:

亲爱的蚂蚁:
  我听说你去了远方。
  远方是什么?
  那是用来举办派对的地方吗?
  如果是,我和你一起去。

原仓鼠

蚂蚁把这封信反复读了几遍,思考了一会儿,抬头环顾周围的沙漠,它绵延不绝,一直延伸到地平线的那头。那里就是远方。蚂蚁试图想象自己在那里举办派对。他想：你好，蚂蚁。衷心地祝你生日快乐。好热闹啊，蚂蚁！他闭上眼睛，他的面前仿佛出现了一个蜂蜜蛋糕，他跳了几个舞步。只不过，它们有点四不像。

终于，他坐下来，写起了回信：

亲爱的原仓鼠：
  我也不清楚远方究竟是什么。
  不过，它肯定不是用来举办派对的地方。
  　　　　　　　　　　　　　　　蚂蚁

他把信抛到空中，风把信吹向远在地球另一端的森林。

第二天，他又收到了一封来自原仓鼠的信：

亲爱的蚂蚁：
  你要去那里做什么？
  　　　　　　　　　　　　　　　原仓鼠

蚂蚁读了信，在心里想：我不知道，正是如此，我不知道！

可是，他没再回信。

这一天，他好几次试图让自己快快乐乐、容光焕发、翩翩起舞。只不过，他的舞步依然不像舞步。他被自己的腿绊到，就连触角也跟他作对。

不行，他阴郁地想。

夜晚来临时，他躺下来，想着原仓鼠，幻想月光下的他在森林的空地上翩翩起舞、高声歌唱。所有动物都围着他，他们笑着、唱着，吃着蜂蜜蛋糕。

正是如此，蚂蚁想。正是如此啊。我从来没有比现在更想到达那个地方。这就是我来到这里的原因。

10

一切都在我心中……蚂蚁想。全世界、松鼠、大象、所有的大树、树枝、海洋、星星、太阳、沙漠、所有的沙子、空气,它们都在我心中。还有很多很多。所有的记忆、所有的气味、所有的辞藻、所有我会做的和能做的事:往后靠、站起身、嗅气味、犹豫不决。

他站在沙漠深处。太阳落山了。

在我心中落山了……蚂蚁想。

在远方,在光秃秃的地平线上方,空气不住地颤抖。

在我心中颤抖。

他往后一靠,心想:然而,我的心中还是少了一点东西，它欠缺了，这一点，我很确定。可是它究竟是什么呢？

他想不出来那是什么。

一阵风吹起，把沙吹到半空中。

在我心中吹起。在我心中刮风。

他听见内心深处传来松鼠的呼唤："蚂蚁！回来！蚂蚁！蚂蚁！"

他竖起耳朵。

"你在哪儿？"松鼠喊道，"我们都很想你。你为什么消失？快点回来。我给你准备了蜂蜜。"他听起来十分伤心。"拜托了，蚂蚁……回答我……"

可是，没有任何回应。

这时，蚂蚁知道自己缺的是什么了。

是我。

一切东西都在我心中……他想。全世界、所有的光、所有的空气、所有人的所有想法……除了我。

他试图钻进自己的内心，只为了让蚂蚁知道，他依然存在。可是，他怎么也做不到。

一切皆有可能，他想，除了这个。

他不知道为什么会这样。

夜深了。星星在浩瀚的天空中闪耀，发出绚烂的光芒。

在我心中闪耀，他想。但是，我看不见它们！因为我不在那里！

他的脑袋简直要爆炸了。

他站起身，爬上一块光秃秃、黑漆漆的岩石。他用尽全力喊道："我不在！你们听见了吗？是我，我不在。"

可是，没有任何回应。在野茫茫、光秃秃、空荡荡的沙漠里，谁也听不见他的呼喊。

他重新坐了下来，背靠岩石，不知道自己该想些什么。

11

第二天,他看见老鼠的身影出现在地平线上。

他想:他来这里做什么?

老鼠似乎正在自言自语。

蚂蚁站在一块岩石的背阴处。

除此之外,沙漠里空荡荡的,太阳使出浑身解数,把阳光斜洒向大地。

突然,老鼠站住不动了。

他爬上一座小沙丘,环顾四周。

他清了清嗓子,然后说道:"尊敬的嘉宾们……"

真奇怪,蚂蚁想。我是唯一在场的嘉宾。只不过,他根本没有看见我。

"今天,"老鼠继续说,"我想跟您谈论一下蚂蚁——大块头蚂蚁，有史以来最重要的动物。蚂蚁……我将向您讲述蚂蚁是什么……蚂蚁叹为观止、光彩夺目、慷慨激昂、所向披靡、令人赞叹、卓越非凡、势不可当、顽强不屈……"

蚂蚁听着这些罗列的词语，双腿不住地颤抖。

他想：他说的是我吗？他们都是这样看待我的？那我为什么会在这里呢？他们为什么不拦着我，不仰起头放声高唱："蚂蚁，噢，蚂蚁，你如此叹为观止，如此光彩夺目……"

老鼠的罗列停顿了一下，然后说道："喀，我很愿意为您历数有关蚂蚁的一切，他是一种不可思议的存在，是耐人寻味的超人……每当我想到他，我的心中就充满了无限的感动。我无时无刻不在想他！我们的蚂蚁——我就是这样称呼他的。这样说没问题吧？您一定也同意我的说法吧？我们伟大的、我们亲爱的、我们唯一的蚂蚁。"

他环顾四周。沙漠里鸦雀无声。沙子熠熠生辉，地平线在缓缓升起的太阳的照射下，仿佛正在不住地颤抖。

于是，他继续说了起来。"如今，他正在前往远方的路上。如今，他正在经历我们无从得知的苦难，他正在遭受我们无法理解的悲伤，然而，等他回来的时候，他将带回远方，带回整个远方，将它展示于世人面前……到时候，我们就可以背靠远方，闭上双目,无尽地享受,并且……并且……"

他似乎说不下去了。蚂蚁突然感到十分伤心。他也不知道这是为什么。

他想:这一点他倒是没有提到——蚂蚁十分伤心。

他从岩石的背阴处走了出来,想冲着老鼠大喊,告诉他自己十分伤心。

可是,老鼠不见了,目光所及之处都见不到他的身影。

蚂蚁坐了下来。只有我自己……他想。只有蚂蚁自己。天地间只剩下蚂蚁自己。

他闭上双眼,侧身躺着,聆听着脑袋里咬牙切齿的声音。

12

渡鸦在沙漠上方的高空中开了一家商店。商店里出售各种各样的东西。

只不过,这里从没有来过顾客。

每当蚂蚁爬上岩石顶部,他就能看见这家商店,然而,他无法到达那里,毕竟,没有梯子或楼梯能通往商店的入口处。

太阳落山了,这一天即将过去,渡鸦不满地在门口飞来飞去。

"又没有人!"他喊道。于是,他走进商店,拿起一个东西丢向地面。

"给!"他喊道,"留着吧!"他丢出的东西落到地上,发出一声巨响。"特别优惠!"他发出刺耳而又轻蔑的叫声,"谁喜欢就给谁。"

就这样,天空中落下一张桌子、一把椅子、一张床、一面镜子、一个柜子、一扇窗户、一扇门、一个屋顶、四堵墙、一块地板、一把刷子以及其他很多东西。

蚂蚁目睹这些东西落向地面,抬头看了看渡鸦。可是,渡鸦并没有看见他。或许,他压根儿就不想看见他。对他来说,什么东西都不买的顾客压根儿不存在。

蚂蚁恰好决定要休息一段时间,之后带着更大的决心朝着远方前进,再也不会因为任何人而停下脚步。他用散落在地上的东西盖起一栋房子。

正当他忙忙碌碌的时候,他听见渡鸦喊道:"你知道我还有些什么吗?反感!只不过,这玩意儿得留给我自己。"

房子盖好了,蚂蚁躺在床上。

他想:原来这就是特别优惠,而我就是那个喜欢这些的人。

天黑了,蚂蚁却睡不着。他的眼睛瞪得圆溜溜的,望着头顶上方的屋顶。

这时,他听见一个声音。那是砰的一声,似乎有什么东西被丢了下来。

蚂蚁屏住呼吸。四周鸦雀无声。不一会儿,他听见一个不太熟悉的声音。

是蹒跚的脚步声,他想。肯定是了。这时,又传来了另一个声音。

他想:是敲门声,敲的是我的门。

他直挺挺地坐在床上。

"在呢。"他喊道。

四周再次鸦雀无声。

"是谁?"

什么声音都没有。

也许,他想,也许是松鼠。这是有可能的。

"松鼠!"他喊道。他从床上一跃而起,冲向门外。

"松鼠!松鼠!"他的声音在岩石间回荡。

可是,没有人回应他。

最终,他转过身,想回到床上去。

可是,他的房子不见了。

他躺在沙子上,头枕在手上。

第二天一早,商店也不见了。

渡鸦依然在高空中飞翔,他来回盘旋,发出刺耳而又轻蔑的叫声:"顾客,顾客……"

随后,他消失了,又只剩下蚂蚁自己。

13

天黑了。蚂蚁睡不着。他望着头顶上空的星星,听着风吹过沙子时发出的呜咽。

他竖起耳朵。他想:那是什么?他听见一些声音。那些声音离他越来越近。

"既然说到蚂蚁,"其中一个声音响起,"我可以告诉你,我觉得他十分特别。"

"但是,我也可以告诉你,我一点儿也不觉得他特别。"另一个声音响起。

蚂蚁听不出这两个声音是谁。他屏住呼吸。万一被他们知道他听见了这段对话……

"是啊,"第一个声音说,"他懂的那么多,在我看来,他什么都懂。"

"他懂的一点儿也不多，"另一个声音说，"在我看来，他什么都不懂。"

"可是，他十分友善。"

"他一点儿也不友善。说起世界上最不友善的人，那就非他莫属了。"

"少了蚂蚁的生日派对是失败的。"

"那恰恰是最美好的生日。"

他们沉默了一会儿。

"我承认，他偶尔的确很严肃。"第一个声音说。

"他一点儿也不严肃，"另一个声音说，"他要是严肃就好了。"

"我还是很喜欢他的。"

"说实话，我一点儿也不喜欢他。"

他们又沉默了一会儿。蚂蚁觉得自己的心怦怦直跳。

"我听说，"第一个声音说，"松鼠十分想念他。"

"我倒是听说，"另一个声音说，"松鼠对他的离开十分高兴，如今，他永远地离开了。松鼠每天都在家里欢呼雀跃。他唯一的愿望就是蚂蚁遵守自己的诺言，再也不要回来。"

他们来到蚂蚁身旁。蚂蚁简直能碰到他们。他完全可以冲着他们大喊，说自己十分想念松鼠，可是，他没有那样做。

"他到底会去哪儿呢？"第一个声音问。

"我不知道。"另一个声音说。

"我倒是很想知道。"

"我不想。如果有人想告诉我，我就会用手指堵住耳朵，大声地跟自己说话，什么都说，就是不说蚂蚁。"

"你知道我听说了什么吗？"

"不知道。"

"我听说他很爱他自己。"

"你是说蚂蚁？他极其讨厌自己。他希望自己不存在，甚至他更希望自己从来没有在这个世界上出现过。"

"他恰恰希望自己一直存在，甚至永远存在。无论是过去还是未来，他都希望自己是永恒的。"

"噢，不行，想都别想。"

他们的声音变得越来越轻。

"我们聊点儿别的吧。"

"好的。"

"我们聊聊大象吧。"

"好。"

"我觉得大象挺友善的。"

"我对他的看法和你一模一样：挺友善的。"

之后，蚂蚁再也听不清他们的话了，不过，他的确听到他们的意见达成了一致。他在沙子里挖出一个坑，一头扎进去，决定一直这样待着，直到他不知道自己是谁、在哪里为止。

14

一天下午,蚂蚁在沙漠里跋涉,脚踩沙子去往远方。就在这个时候,有一封信悠然飘落,落在他的面前。

他捡起信,读了起来:

尊敬的蚂蚁:
  我听说您正在去往远方的路上。
  快回来吧!明智点儿吧!
  我去过远方。我也不记得是为什么了。
  一定是出于某个荒谬的原因。
  真是白费力气。
  我还从来没有因为什么事变得如此消沉。

我压根儿就不该去!

我的脑袋上一根毛都没有了……都是因为后悔才被拔掉的。

我很想知道,究竟是谁编造出来的远方。

肯定是恶棍或者混账。

它们最喜欢压抑和扫兴。

远方啊,真是太可怕了!

简直胡闹!

秃顶的宅宅

蚂蚁把这封信来回读了几遍。他不知道秃顶的宅宅是谁。他很想知道对方是怎么知道他在去往远方的路上的。

汗水顺着他的脑袋滴落,他的脚就像灌了铅一般,他的触角成了摆设,一点儿知觉也没有。

他想:我应该回去。我必须明智点儿。听我的,回去!就现在!

可是,他并没有回去,反倒继续向前走了。

我别无选择……他想。

太阳悬挂在他头顶上空,他费尽千辛万苦一步一步地向前挪。他不知道远方在哪里。

也许,秃顶的宅宅弄错了,他想。

他试图加快脚步。

也许,还是不加快为好。

15

两个动物迎面走来。

他们看见蚂蚁的时候,停下脚步,指了指他。

"那该不会是蚂蚁吧?"其中一个问。

"你的意思是:那个一去不回头,正在寻找远方的蚂蚁?"另一个问。

"是的。"

"那个什么都知道,一旦遇到不知道的东西就会倒立,双脚胡乱挥舞的蚂蚁?"

"是的。"

"那个把每一罐蜂蜜都舔个底儿朝天,一旦没东西可舔了就一脸失望,以至于大家都会带着新的蜂蜜飞奔而来的蚂蚁?"

"是的。"

"那个每每都会回来,发誓再也不会离开,又每每离开都发誓再也不会回来的蚂蚁?"

"是的,就是他。"

"不是的,那不是他。任何人都有可能,唯独不可能是他,不可能是蚂蚁。"

"难不成那是大象?"

"是的,他可能是大象。"

"也可能是甲虫。或者是蟋蟀、海鸥、河马、蟾蜍、刺猬、毛毛虫、贻贝……?"

"是的,也可能是他们。"

"或者是斑点金耳蟒、红尾沼泽蝶、墨菌泥淖鼠①?"

"是的,那也有可能。"

"或者是穆蚁?"

"是的,也很有可能是穆蚁,还可能是蜜蚁或者莫蚁。"

他们不住地冲对方点头,然后再次看向他。

"太特别了,"他们说,"终于见到了一个不可能是蚂蚁的动物。"

他们围着他转了一圈,踩着彼此的肩膀,想从上往下地看看他。

---

① 此处提到的动物名称及下文的"穆蚁""蜜蚁""莫蚁"等均为作者天马行空创设出的名称。

"你知道吗？他也有可能是长鼻子地龙。"其中一个说。

"噢，是吗？"另一个说。

"肯定的，很有可能啊。或者是黑狐狸蟾蜍，他还真是有几分相似呢。或者是醋栗竹节虫。反正不是蚂蚁。"

"不是吗？"

"不是。"

"说不定，他是某种灭绝了的动物，你觉得呢？"

"是的，这个可能性也很大。他看起来的确有几分灭绝了的样子。"

"可是，不管怎么说，他不是蚂蚁。"

"是的。"

他们嘟囔着与他道别，继续前行。

蚂蚁听见他们继续列举无数种动物，任何一种都可能是他。

之后，他们的身影消失在了一块岩石的后面。

太阳悬挂在高高的空中。蚂蚁向后一靠，躺在炙热的沙子里。他想：反正我不是我自己。

他头痛欲裂。只不过，他不知道那个头到底是不是他的。

16

突然，蚂蚁看见了松鼠的身影。他在很远的地方，远在地平线的那一端。

他一蹦三尺高，大声地喊道："松鼠！松鼠！我在这儿！"

松鼠抬起头，回答道："蚂蚁！蚂蚁！"

他缓缓地靠近。

"我好想你啊！"他喊道。

蚂蚁点点头，觉得自己浑身上下热血沸腾，就连触角也不例外。

"你一直都在想我吗？"他喊道。

"一直都是。"松鼠回答道。

蚂蚁朝着松鼠的方向奔跑。可是，松鼠停下了脚步，喊道:"别再近了。"

"为什么？"蚂蚁问。

"如果你靠得太近，我就不会再想你了。"松鼠说。

蚂蚁不知道该怎么回应。

他俩都在沙漠深处坐了下来，坐在沙子里，望着对方。

"这样，我刚好还能想你。"松鼠喊道。他打开了随身带着的一罐蜂蜜。

蚂蚁踮起脚尖，想看清楚罐子里是什么蜂蜜，可是，他什么也没看见。

"这是玫瑰蜂蜜。"松鼠说。

"你就不能丢一些过来吗？"蚂蚁问，"我已经很久没有吃过蜂蜜了。"

"不能，"松鼠说，"要知道，你总是狼吞虎咽，然而，如果你坐在那里，捧着蜂蜜狼吞虎咽，我就不会再想你了。想念比吃饭更重要。"

蚂蚁沉默不语。

"说起来，你到底是真的吗？"片刻过后，蚂蚁问道。

"我不知道啊。"松鼠说。突然，他消失不见了。

蚂蚁一跃而起，朝着松鼠刚才在的方向奔去，一边奔跑一边喊:"松鼠！松鼠！"他想：我不该问的，我不该问的。

他在空空如也的沙漠上奔跑了很久，直到再也跑不动为止。他坐了下来,开始想念松鼠。他还从来没有这么想念过松鼠。他知道,松鼠也在想念着他,而且,只要他不回去,松鼠就会一直想他。

17

蚂蚁想：我来到了这里。我不愿意来，但是我必须来。

我必须来这里。我必须去远方。等我到了远方，我就必须去更远的远方，等我到了更远的远方……我不愿意想，但是我必须想。我不愿意想念任何人，但是我必须想念某个人。

他坐在一块石头上，双手托着脑袋。

他想：现在，我必须坐在一块石头上。现在，我必须思考我必须思考的事。

他受不了了。

他想：也许，我来到这里，就是为了明白我坚持不下去了。也许，我早就坚持不下去了，早在森林里的时候,早在我什么都知道的时候。这是我唯一不知道的事情。现在,我知道了:我坚持不下去了。

他笔挺地坐着,柔声细语地对自己说:"振奋精神。"

他想:为什么?那是必须的。必须振奋精神。怎么振奋精神,为什么振奋精神?不要管怎么振奋精神、为什么振奋精神,要的就是振奋精神。

他站起身,溜达了一大圈。

他想:我现在振奋精神了吗?是的。

他很希望松鼠此刻能看见他,而他自己却不需要知道。

你看,那就是蚂蚁……只身在沙漠里,还坚持了这么长时间……你看,他在干什么:他在振奋精神……

松鼠会对他心生崇敬,回到森林里,告诉所有人他看见了蚂蚁。在哪儿?在沙漠里。在沙漠里?是的。他在那里做什么?在振奋精神。喀……

有关他振奋精神的消息不胫而走,还从没有人像他这般振奋精神,他们会举办一个派对,庆祝他振奋精神,每个人都会出席,最英勇的动物们,野牛、姬蜂、豹子……都会出席,当然,唯独蚂蚁缺席,因为他还在沙漠里……他们会用热火朝天的辞藻讨论他,将他树为榜样,把他……

我坚持不下去了……他想。我坚持不下去了。我坚持不下去了。

他用脚趾在沙子上写下:

我坚持不

他没有写完,因为他真的坚持不下去了。就在某个夏日的正午,在无边无际、空空如也的沙漠里。

18

蚂蚁不时地在一个小本子上写下些什么,只不过,那只有在他睡不着、太累了、走不动或者想法复杂到他无法理解的时候才会发生。

他不知道他写下的东西应该被称为什么。他管它们叫笔记。只不过,它们不是普通的笔记。

他留出一行又一行的空白。

他使用了自己从没使用过的以及不确定含义的词语。

他没有使用自己日常使用的词语。

他没有读过自己写的东西。一旦他重新读过,他一定会把它们丢掉的,那么还不如不要写。

它们是一些想法,他想。不过,它们不是普通的想法。也许,它们是我不需要思考时思考出来的东西。又或许,它们是我反着想出来的,或者靠边想出来的。

他揉了揉额头。它们是坠落的想法,他想。它们是人们不愿意想到的想法。它们趁你从陡峭的岩石下经过时,出乎意料地坠落到你的身上。为了避开这些想法,你恨不得绕道走。

他挠了挠后脑勺。他想:它们丝毫不在意,尤其不在意我!

当笔记攒得满满当当时,他把小本子埋在了沙子里。他在旁边留了一张字条:

这是我的笔记。
祝好。

蚂蚁

他试图把它们忘掉。
它们吐露了一些东西……他想。但是我不愿意。

19

他不再写笔记,也几乎无法再思考了。

他给松鼠写了一封信。这是最后一封信了,他想。他用小小的字写道:

亲爱的松鼠:
　　我坚持不下去了。

　　　　　　　　　　　　　　　　蚂蚁

可是,信还没来得及寄出去,就被他撕了个粉碎。他用更小的字重新写道:

松鼠:

我坚持不下去了。

信上的字太小了,小到松鼠肯定看不清,不得不去问别人:"这上面写了什么?你猜呢?"并且因为这个疑惑而整宿整宿地睡不着觉。

可是,这封信也被蚂蚁撕碎了,他用更小的字写道:

我坚持不下去了。

这下,就连风也无从得知应该把它吹到谁的面前了。风只能让它在森林上空兜兜转转,让它永远跟随自己飘荡。

可是,就连这封信也被蚂蚁撕得粉碎,他尝试用更小的字写下自己坚持不下去了,他真的坚持不下去了。

他重整旗鼓继续前进,要知道,远方还离得很远呢。

20

某一天,临近黄昏时分,在炎炎烈日下,他翻越一块岩石。就在这个时候,他看见一片小小的湖泊,旋风甲虫正在湖上来回踱步。

"你好,旋风甲虫。"他说。

旋风甲虫抬起头,停下脚步,说道:"你好,蚂蚁。"

"你在这里做什么?"蚂蚁问。

"写东西。"旋风甲虫说。

"可是,那些水,在沙漠深处……?"

"是我的。它是我随身带来的。"

他们沉默了一会儿。旋风甲虫似乎一边缓缓地写字,一边陷入了沉思。

蚂蚁躺在水面上，尝试读一读旋风甲虫写的东西，可是，他怎么也读不了。

"我读不了。"他说。

"是的，"旋风甲虫说，"它是没法读的。"

"那你为什么还要写呢？"

"它是可以写的。"旋风甲虫说着，继续写了起来，从湖泊的一头写到另一头，然后又写回来。

"你在写什么？"蚂蚁问。

"我想到什么就写什么。"旋风甲虫一边写，一边说。他皱起眉头，又补充了一句："要不然，我就不知道自己想了些什么。"

"我在前往远方的路上。"蚂蚁说。

旋风甲虫停下笔，说道："这里就是远方。"

"这里？"蚂蚁问。

旋风甲虫指了指他脚下泛起涟漪的水，说道："是的。"

"它就是远方吗？"蚂蚁惊讶地问。

"它是我的远方，"旋风甲虫说，"但也许不是你的远方。"

蚂蚁从不知道世界上有不止一个远方。

旋风甲虫摆出优雅的姿态，仿佛他鞠完躬，要起身跳舞似的。

"你在做什么？"蚂蚁问。

"我在写一个问号，"旋风甲虫说，"我总是有很多问题。"

"你会问些什么?"

"什么都问。"

"你会问谁?"

"问我自己。"

蚂蚁沉默了。

"这是一个句号,"旋风甲虫说,"每当我写完的时候,我就会加上一个句号。"

他来到湖中央,随着湖水漂浮。

蚂蚁站在原地,满脑子只想着一件事——尽管他很想留下来,留在旋风甲虫身边,连他自己也不知道为什么,但是,他必须向前走。

"再见,旋风甲虫。"他说。

"再见,蚂蚁。"旋风甲虫说。他在阳光的照耀下熠熠生辉。太阳正缓缓落下,离他们很远,在遥远的远方。

蚂蚁的笔记

夜深了。
我对自己感到失望,
可是,我也对自己感到生气。
我累了。
我慵懒、污秽、扭曲。
我是一个摇摇欲坠、乌黑发亮的怪物,
长着六条腿,却没有丝毫见识。
我格格不入、萎靡不振、孑然一身。
我不真实、不虚假,也不介于两者之间。
我长着长长的脚趾,总是踩到自己。
如果我能绕道远离我自己,
我一定会那样做,
如果我能丢弃我自己,我也会那样做。
我是一道深渊,我游走在自己的边缘。
我在去往远方的路上。
我很渺小。
我是蚂蚁。
我睡不着。

我无所不知,
但无所不知还不及一无所知。

每当我想到我一无所知,

我就得意扬扬。

于是,甲虫就来了,带着他黑暗的声音、黑暗的盔甲,
和眼睛里黑暗的光,
把我击垮。

我躺在地上,
我又无所不知,
我承认。

"远方,"甲虫说,"在那里,在转角,
我每天都路过。"

夜深了。我睡不着。
我想到了所有理所应当的事。
沙漠。远方。星星与星星间的黑暗。我。

可是,我究竟有多理所应当?
如果我明天遇到我自己,
在沙漠深处,
我从没遇到过我自己,
对我自己一无所知,

讲述关于我自己的事,解释我是谁,
我会十分惊讶,
又或是打个哈欠,说道:
"蚂蚁,够了,这一切也太理所应当了……"

可是,什么才不理所应当?
有没有一粒沙、一滴雨、一秒钟,
是不理所应当的?

地平线变得红彤彤的,
可怕的理所应当啊……
我必须起床,我必须继续。

我站在远方跟前。
它很大,
又很小,且空洞。
只有一步之遥。

它看着我。
它熠熠生辉、无比闪耀的冷漠无情,
它寒冷彻骨、默默无言的无足轻重。
"不行!"
我转过身,用尽全力奔跑。

回去，回去。
它还在我身后吗？

"喀，蚂蚁，你不是刚刚去过远方吗？"
"是的，我该怎么说呢，远方，可以说是……"
老蚂蚁。值得信赖的、耸着肩膀的蚂蚁。
一败涂地的蚂蚁。

我会迈出那一步的，总有那么一天。

我躺在地上。
那是什么？是黑夜。
那些东西想做什么？想跳舞。
它们跳起舞。
月亮。星星。地平线。大地。
每一粒沙，每一粒尘埃都在舞动。
它们欢天喜地。
为什么？为了此刻，为了当下。
风舞动着吹起。
天很寒冷。寒冷在跳舞。黑暗在跳舞。
但我没有跳舞。
我不会跳舞。
我为过去、未来、曾经和日后欢喜，

唯独不为当下欢喜。
我躺在地上。
我低声咆哮。
(看来我真的会低声咆哮。)

我脑袋里的声音。
我是蚂蚁。不对,是我。是我!是我!
我脑袋里的斗争,
战争。
一个又一个声音被打倒沉默。
我脑袋里的和平谈判。
中断。
坚定不移的立场。
战斗继续。
我是蚂蚁!是我!
战争的威吓。鲜血。
还剩三个声音,还剩两个声音,还剩一个声音,
一个受伤的声音呢喃,逐渐消失。
风在我的脑袋里吹过。窸窸窣窣。
沙子席卷。
再没有人。
是我。

他们七嘴八舌。
"你已经忘记蚂蚁了吗？"
"快了。没什么区别。"
"他长什么样？"
"我不记得了。"
"他有什么特别的？"
"我不记得了。"
"他去了哪里来着？"
"我不记得了。"
"不是去了远方吗？"
"我不记得了。"
"他回来了吗？"
"我不记得了。"
"你已经忘记他了吗？"
"是的，忘记了。彻底忘记了。"
"蚂蚁？"
"毫无印象。"

没有人想念我。
他们有什么好想念的？
我的快乐？我的陪伴？我的全知全能？
他们在笑……
我没有什么好想念的。

可是,松鼠呢,
他总会想念我的吧?

我站在他家门口。
他的门上,写着大字:

尽管如此。

我透过他的窗户向内张望。
他弯腰站在桌子前。
他在数东西,
数的什么?

我要不要敲门?
如果他假装听不见怎么办?
或者他真的听不见?
我又怎么知道二者的区别?

沙漠中漫长的一天。

有些日子十分漫长,
以至于度日如年,
却依然见不到头。黄昏,最初的星星,

倚靠的岩石,眼睛闭上了。

我很累,
这一天却刚刚开始:
我不记得太阳何时升起,
不记得那一刻多么明亮!

来自蚂蚁的信。
"从哪里来?"
"从沙漠来。"
"这样啊。他写了什么?"
"它没法读。"
"怎么会这样?"
"也许那里正在下雨。"
"让我看看!"
他们弯腰辨认我的字迹。
"这里写了什么?"
"小爱的人家。"
"小爱的人家?"
"是的,小爱的人家。"
"这里呢?"
"心念尔们!"
"这里呢?"

"很独、很伪心……"
"这是封什么信啊!"
他们面面相觑,一蹦三尺高,
嘴里喊着:
"蚂蚁万岁!"

可他们为什么不回信?

我没有疼痛,
但我也可以感受疼痛,
我可以发出疼痛的呻吟,
相信疼痛永远不会离我而去。

我期盼远方,遥不可及的远方,
可是,我也可以期盼别的东西,
然后在柳树下仰面躺下,
倾听着树叶的沙沙声,
在我头顶上方响动。
还有小河里浪花的潺潺声。

我也可以变得绝望,就在此刻。

我写下这些笔记,

但我也可以倒立起来,
挥舞双腿,
放声大喊:
"我是蚂蚁,
但我也可以……"

后面的话语也可以无影无踪,
悄悄消失在我的周围。

在远方。
"松鼠!松鼠!"
他抬起头。
"你是谁?"
"是蚂蚁!你不认得我了吗?蚂蚁,一直……"
他摇摇头:
"从前,我认得出你。"
他的四周满是一盘盘橡树蜂蜜、柳树蜂蜜,
还有最甜的山毛榉蜂蜜,这是我曾经想象出来的。
他吃了个精光,喃喃地说:
"从前,这一切都是给你的。"
他擦去嘴角的最后一滴蜂蜜,
然后离开。

"你要去哪儿?"我问。
"去那个时候。"他说。
他丝毫不剩。

我在沙漠里徘徊。
这就是我的笔记。
地平线的后面是从前。
我熊熊燃烧。我觉得很冷。

想象一下,松鼠、蟋蟀、大象……
想象一下,我来到远方——
它看起来如此美丽,
只差一步。

我却迈不出那一步,
我做不到,我做不到!

我是辛勤的欠缺者,
以为自己的见识是天,
关键时刻总是掉链子的欠缺者。

我要回去,
松鼠、蟋蟀、大象、刺猬……

我要回到你们身边!

可是我没有回去,
远方为我迈出了那一步。

深夜。沙漠。星星。
我抬头仰望,星星低头看我。
"你们对我有意见吗?
你们是不是在想:可怜的蚂蚁……
你们是不是在嘲笑我?
你们那一闪一闪的模样……
你们是不是知道远方是什么,却不愿意告诉
像我这样好笑的动物?
你们是不是很讨厌我?
你们是不是宁愿看见我不存在?"

月亮升起。
"你呢?"
可是,我不该问月亮的,
反正它从来不说话。

天很冷,
我把自己缩成一团。

我呢？我是不是宁愿看见我不存在？

我再也不相信我自己。
我怎么才能拾回信任？
我要不要忘记远方，然后回去，
让每个人瞪大眼睛看着我：
"蚂蚁，那是什么？"
然后说：
"奪拉的尾巴，
那不是奪拉的尾巴吗？"
我要不要假装真挚，
享受所有人的称颂？

或许，我再也不能相信自己，
于己于人都更好？

猜疑是蜂蜜。

早晨来临，
我伸展四肢，
我继续前行，
我不相信我自己。
再见，蚂蚁！

我是蚂蚁。
我的触角是蚂蚁,我的眼睛
是我的思想。
我想到太阳。
太阳是蚂蚁,
整个天穹都是蚂蚁。
蚂蚁落山了。
蚂蚁明天又会在广阔、荒凉的蚂蚁升起,
我在那里流浪,找寻蚂蚁。
在遥远的、高高的蚂蚁上,蚂蚁在等我,
想念我,高喊:"蚂蚁!蚂蚁!"

如果我不是蚂蚁,
我一定会惊讶得倾倒:
一切都是蚂蚁!

而其他一切都是蚂蚁。
惊讶是蚂蚁。
蚂蚁是蚂蚁。

我被高高举起,迎着光:
"噢,看哪,喀……我们这里可真……
这不是那个蚂蚁……?"
(然后被丢出去。)

我不再继续前行。
(这则笔记以"我继续前行"结尾,
注意看。)
我不想再继续前行。
我觉得远方和我以为的很不一样,
我从来没有听说过它。
每个以为自己听说过它的人,
其实都从来没有听说过它,
也许它很可怕,
与它相比,变质的蜂蜜成了
世界上最美味的东西。
就连沙漠都成了郁郁葱葱的绿洲。
我不再继续前行,我一步也不迈,甚至半步都不迈。
假如我继续前行了,我将无法正视我自己,
这一点,我很确定,
尽管我的周围立着上百面镜子,每个人都大声呼喊:
"噢,蚂蚁,你真是了不起啊!"
我要回去。
我现在就回去。

清晨降临。
星星黯然失色。

我继续前行。

每个都算在内,每种动物,每个东西,
螃蟹、毛毛虫、沙子、毛茛、雨水,
只有我除外。

为什么我没有算在内?
"喀,你看,有且只有一个不算在内,本来就是这样的,
于是我们觉得……"
"为什么是我?"
"是啊,你是最合适的,我们的意思是……"
"可是……"
"别再问了,蚂蚁,要不然,别人会以为
你也算在内呢!"

他们转过身,背对着我,面朝
贻贝、蚜虫、露珠、黄昏,
还有小河的弯道。
他们敲打节拍,放声歌唱,每种动物、每个东西一同歌唱,
整个世界一同歌唱:
"你知道我们在做什么吗?

不知道。
算在内!"

我知道的,我一直都知道。
我与所有动物、所有东西都不一样,
因为我没有算在内。

(因此我总是孑然一身。)

"那是什么,蚂蚁,
你在远方身上费的劲,
难道那就是羞愧?"
(我在自言自语。)

羞愧?
我需要为自己感到羞愧吗?
羞愧什么呢?

我仰面朝天躺在沙子上,
闭上我的双眼……

远方渐渐逼近:
"喀,快看哪,一个六条腿的东西,

还有这个,这是什么,这该不会是一个脑袋吧……

它是不是装满了有趣的想法,
更不用说各种受到珍视的
宝贵感受……
噢,脑袋,巨大、奇特的脑袋……!"

我羞愧于一切。

蚂蚁,正是在下,
言行一致,意见一致,团结一致,
一模一样,一生一次……
直到远方将我吞噬:
"啊呜啊呜啊呜……"

"好吃吗,远方?"
"不,不好吃,但是吃完了。"

片刻过后,上气不接下气,
所有人
(所有人去掉一个)喊道:
"蚂蚁,你在哪里?"
"我们觉得你好像不见了。"

"似乎我们可以确定。"
"也许我们十分确定。"
"蚂蚁!"

蚂蚁,你不应该总是……
你也不应该总是这么……
但是你应该总是……
你现在应该……

我应该做一切,
没有任何我不应该做的事。

夜深了。
我不应该醒着,但我醒着。
我不应该辗转反侧,但我辗转反侧。
我不应该左思右想,但我左思右想:
肯定有什么事,甚至是很普通的事,一件
不应该的事。

我不应该相信。
我彻底不应该确定。

蚂蚁!

一直以来,我究竟在惊恐什么?
我倒是很想知道。
是惊恐远方吗?
可我明明向往远方。

仿佛有人在我的内心深处挖掘。
"您好,是您吗?我的惊恐?"
"是谁在喊?"(一个嘶哑的声音从遥远的地方传来。)
"是我,蚂蚁!"

"您要挖去哪里?"
他默默地继续挖掘。

等天亮了,我就起身,继续前行。
我的内心一片寂静。
也许他被什么东西挡住了去路。

"我们该拿蚂蚁怎么办?"
噪音,我的噪音压过了其他所有噪音。
"揍他。"

他们揍了我,

等揍够了,
他们说:
"我们警告过他了。"
"我们严重警告过他了。"
"我们警告完了。"
"我们已经画上了句号。"
"取决于他了。"
"一切都取决于他。"
他们渐行渐远,最后是我的声音。

我躺在沙漠中央的沙子上,
被揍过,被警告过,只身一人。
一切都取决于我。

不要伤心,蚂蚁。
你为什么总是这么伤心?
快停下。
求你了!
我问了些什么?

可是你越来越伤心了!
立刻停下!
这是一次警告。

我的最后一次。
蚂蚁!

夜深了。
满天都是星星。
它们闪闪发光。
最后的警告也无济于事。
记录同样无济于事。

远方想:
由他去吧,那个蚂蚁,
我该拿他怎么办……
我从没有让他来……

可是我不能退避三舍,
我必须去迎接他。

当他看见我的时候,他会摇头:
"喀,蚂蚁,你还是来了……"
然后把我撕得粉碎,让风吹走,
带着他疏忽大意的准确感觉。

如果他们确定我不再回来,

就应该在我的门上这样标记:

这里曾经住着蚂蚁,
他总是在事后追悔莫及。

他们寻找我,大声呼唤我:"蚂蚁!蚂蚁!"
他们想念我,
他们声称我的缺席令人心碎,
无法逾越,违背所有规律。

当他们找到我,他们欢呼雀跃:
"噢,蚂蚁,此刻,我们好幸福啊……"
他们声称这是他们生命中最美好的时刻,
将我拥入怀中:
"这下,我们再也不用寻找了!"
他们在我的耳边私语:
"噢,蚂蚁,离开你,我们还算什么……"

我不想被找到。

为什么我从来睡不着?
如果有人不让我睡,

至少我能知道其中缘由。

为什么我从来不相信我自己,
从来不会杳无自己的音信?
如果我曾对自己失去公允就好了。

我在去往远方的路上。
如果我只求远方就好了。

夜半时分。
我决心变得冷漠无情。
(只要睡不着觉,我就会下一个决心。)

远方?
我不感冒。
松鼠,小河,夏天,蜂蜜,
蟋蟀,刺猬的窸窣响?
与我无关。

我望着星星。
毫无意义的光芒。
暗淡吧。

我说了算!

他们看着我。
"你要去哪儿,蚂蚁?"
"去远方。"
"可是,它不存在!"

他们有证据,摆在我面前。
"试试寻找里面的漏洞吧,蚂蚁!"
他们抓住我,
把我当成筛子摇晃。

可是,那个漏洞,那就是我。
丑陋、短视的漏洞。

此刻,远方近在眼前。

我在路上行走了很久,
一切都是疼痛。

可是,当我感到疼痛时,
我不能哄骗我自己,

不能每每让自己走往错误的方向,
不能发烧友般怀疑自己的判断力,
那该怎么办?

松鼠看到这封信时所说的话,
千万不要记:
"噢,蚂蚁,你真是不可思议!
当你感到疼痛时,你为什么不让别人安慰你呢?"

我终究还是把它记下来了。

我希望我能警告自己,
及时地说出:
"蚂蚁,小心!"
然后,我就会小心,不会掉落深渊
之类的地方。

我希望可以对着自己摇摇头,
对警告置若罔闻,
来到小河旁,躺在草地上,
紧闭双目,忘记我自己。

我希望我能看见自己躺着,

躺在小河旁,头枕着青草,
悄无声息地溜走。
请勿打扰!
请勿告诉我我知道自己的存在!

我希望我是太阳,
或者沙子,
或者大海,又或是大海上的暴风雨。

夜深了,
小河在阳光下波光粼粼。

如果它是真的,
它就不会这样波光粼粼。

陈旧的蜂蜜。
"这是什么蜂蜜?"
"真正的蜂蜜。"

我躺在沙漠深处的沙子上,
身旁躺着松鼠,
在青草地上,
在小河的河岸上。

我试图把他叫醒。
"你做不到的。"他说。

我是世界上唯一的蚂蚁,
之所以这样,是因为世界上没有第二只蚂蚁,
没有第三只,没有第一百万只,没有第无数只。

我走在沙漠里,
我希望自己是第无数只蚂蚁,
每一粒沙子都是第无数粒沙子,
每一秒钟都是第无数秒钟,
可是我呢,我不是第无数只蚂蚁。

这件事一定是有什么地方弄错了。

(也许从来就没有过任何事。)

夜深了,我在思考,
我思考得越来越深入,
如果我能看见我的脑袋内部,
还能向前倚靠,
我一定会感到一阵眩晕:

好深啊！悬崖好陡峭啊！
简直无从靠近啊！

我叹一口气，翻一个身。

松鼠不思考，
更不会深入思考，
松鼠在等我。

如果我与现在的自己截然相反：
不在去往任何地方的路上，
一躺下就立刻睡着，
总是高兴而又满足，
从不馋蜂蜜，
从不幻想小河、柳树、芦苇的柔毛、
浪花的粼粼波光，
那么我会变得睿智又聪明，
还是恰恰变得愚蠢又短视，
会不会好奇任何事情，
会不会永远想象不到
自己是一副截然相反的模样？

我在去往远方的路上，

我仰面朝天躺在沙子上,
望着天上的星星,
我是我自己——

那是我不会成为的模样。

他们每天夜里都来到我身边:
松鼠、大象、蟋蟀、每个人,
他们都想陪伴着我。
"你很孤独,蚂蚁,"他们说,"挪过去一点。"
可是,我的旁边没有位置。
他们推我、拽我,
抱怨我的不通情理,
最终在我身上躺了下来,
他们不是白来的。

每一晚,我几乎都要重新经历一次几近窒息。

早晨临近,他们便离开。
白天,他们睡觉。
"今晚,我们还会回来的!"他们喊道。
"我们不会丢下你一个人的!"
我,伤痕累累、一蹶不振、软弱无力、孤立

无援,

  缓缓起身。

  远方还如此遥远。

  我在寻找我自己——
  这真是一件悲哀的事!
  仿佛我弄丢了我自己,坚信不疑。
  我寻遍每一块岩石、每一块卵石,
  我拾起每一粒沙子,
  呼唤我自己:
  "蚂蚁!蚂蚁!"

  我的眼睛变得乏力,
  我的触角逐渐弯曲、崩裂,
  我的脊背折断。
  我做错了什么?
  我错失了什么?
  "蚂蚁!我在找你!你到底在哪里?"

  我是蚂蚁。我一言不发。我相信我自己。

  打算们,

每当我摇头的时候,我都会听见你们晃荡的声音。
你们在那里做什么?

是你们把我送进沙漠的吗?
是你们让我原地转圈,
寻找所谓的远方的吗?
所谓的!
你们听见了吗?你们口中的远方只是所谓的!

当我打开想法之门时,
你们会紧紧抱住什么东西,
还是随风飘荡。
当我摇头时,是不是终于可以安静,
让我忘记远方?

(这是我在沙漠度过很久之后的笔记,
我因为沙子和热浪头晕目眩,
返回出发点。)

夜深了。
远方就在这里,是它,是这里的一切——
沙子、沙漠、黑暗,

这里的一切都是远方：
黑暗、沙漠、沙子——
除此之外再无其他，也永远不会再有其他。

歌声四起，回声四起：
我听见您的声音了！您对我十分关照！我的碎片！

被掩饰，被刮擦，被抹去。

我害怕。
可是，我似乎没有意识到。
我难道不应该直面这个事实吗？
蚂蚁，你怎么这么害怕……！
又或者我应该掩饰它，哄自己睡觉？
（如果做得到！）

又或者我应该采取狂乱的拯救手法，
将自己从害怕中解救出来？
离开！离开这里！离开所有地方！

可是，不害怕！听好了！
我不害怕！

我就是如此害怕。

至今为止,我在什么事上听之任之?
任由自己被唬住。
被谁唬住?
被我自己。

我仿佛看见自己迎上前来,
"蚂蚁!你在这里做什么?"
"喀,我……呃……散散步……"
"想都别想!"
然后就唬住了。

那是清早,
阳光在沙子间漫步。
我起身。
我再也不会任由自己被唬住,
尤其不会任由自己被自己唬住,
我保证!

我想出了一个词语。
灿烂辉煌。
我是一只灿烂辉煌的蚂蚁,

在灿烂辉煌的黎明曙光下闪闪发亮。
每当我看到自己迎上前来时,
我就会打招呼,心怦怦直跳,
为我自己让路:
"你先请,蚂蚁。都听你的……"

我希望松鼠知道这些。

太阳落山了。
我坐在沙漠深处的一块石头上。
我的沙漠。
我的太阳渐渐落下,落到我的地平线后面。
我历数一切我曾经的模样,以及现有的模样:
不切实际,不足挂齿,不假思索,不讲情面,
不知丁董,
还有不什么呢。
我为什么就不能是简简单单的不幸福呢?
但是,我的确一直(出于阴暗的原因)
不是那样的。

假如我好不容易能超越自己一回,
那么我会抱紧我自己,双臂紧紧环绕,

告诉我,我很爱我自己,
是真的!我一定要相信!

但是,我知道我一定会推开自己,
并且说道:
"你知道我是什么样的吧?"
"知道。难以捉摸。"

我会非常伤心,
比现在更加伤心,
但是,我不为所动。

你好,远方,我在这里,
我是蚂蚁。
我抛下了一切,
松鼠,森林,我们生活的小河,
我们写下的信件,
夏天,蜂蜜……

我还要抛下些什么?
我所剩无几的判断力?

还有什么比我来到这里更可笑呢,

这里什么都没有,
这里闻起来丑陋不堪、令人作呕。

夜幕降临,
黑暗悄无声息地包围了我,
遮掩了尚未被遮掩的。掩饰,扭曲。

远方,我永远不会原谅您!

从此再也不写了,
要不然的话……

再也不考虑别的什么。

在睡不着的时候说:
"我此刻睡得好香啊!"

在疼痛的时候走到疼痛面前询问:
"这是什么?"
"那个?那个是疼痛。"
"喀……那就是疼痛啊……"
仔细地看看疼痛,不去触碰。

在饥饿的时候什么都做不了。

在独自一人的时候坐在松鼠身旁,
向后一靠。

在我终于到达远方的时候等等。

等等。

产品经理：张雅洁
视觉统筹：马仕睿 @typo_d
印制统筹：赵路江
美术编辑：程　阁
版权统筹：学晓苏
营销统筹：好同学

豆瓣 / 微博 / 小红书 / 公众号
搜索「轻读文库」

mail@qingduwenku.com